NORTH KOREA
Like Nowhere Else

LINDSEY MILLER

부두로 향하는 나무 다리 — 2018년 10월, 원산

비슷한 곳조차 없는

린지 밀러 글 사진 · 송은혜 옮김

기억의 색감으로 남은 북한살이 2년

인간희극

한국 독자들께 드리는 글

『North Korea: Like Nowhere Else』를 다른 언어로 옮기는 작업들 가운데 첫 작업이 된 언어가 한국어라는 사실이 저를 무척 흥분시킵니다. 이 한국어판이 한국 독자들의 마음에 가닿아 제 인생을 바꿔 놓은 2년간의 경험을 들여다 볼 수 있는 작은 창이 되길 소망합니다.

누군가의 인생에 심오한 충격을 남기는 경험은 그리 흔치 않다고 생각합니다. 제가 북한에서 살게 될 줄 누가 알았겠습니까? 그곳에서 마주친 모든 것(그리고 모든 사람)은 그야말로 저의 온 마음을 강타했습니다. 이 책을 통해 저는 북한에서의 제 삶이 어떠했는지 모든 감각을 되살리길 바랐습니다. 묘향산의 소나무 향, 연기 가득한 평양 맥줏집의 소란함과 달그락거리는 소리, 동틀 녘 원산 해변의 거울 같은 잔잔함, 아마도 이런 것들은 북한하면 떠오르는 이미지들과는 좀처럼 연결되지 않을 겁니다. 그러나 저는 무엇보다도 이 책을 읽는 독자들이 제가 매일매일 마주쳤던 복잡하게 얽힌 감정들을 함께 경험하길 바랍니다. 이를테면 진실과 거짓을 인식하려 애쓰는 마음과 사람과 사람이 교감하는 소중한 순간에 찾아오는 따듯한 소박함 사이에서 절망적으로 갈팡질팡할 수밖에 없었던 혼돈을 말이죠.

또한 저는 설명이 덧붙여진 이 책 속의 사진들을 당신이 즐길 수 있게 되어 기쁩니다. 사진은 과거 경험의 짧은 순간을 포착할 뿐이지만 그 속의 얼굴과 장소들, 그리고 시간 속에 멈춰진 사물들을 깊게 들여다 봄으로써 우리가 그 순간 속에 영원히 머물도록 해줍니다. 여러 면에서 단순히 기억하는 것보다 이 사진들을 통해 저는 북한에 대해 더 많은 것을 반추하게 됩니다.

북한은 결코 제가 떨쳐낼 수 없는 곳이 되었습니다. 그곳에서 만난 사람들과의 기억은 영원히 저에게 남을 겁니다. 내가 누구이며, 어떤 사람이 되어갈까 생각할 때에도 계속 영향을 미칠 겁니다. 이 한국어판은 저에게 큰 의미입니다. 당신과 이 경험을 나누길 간절히 기다립니다.

2021년 8월
린지 밀러

시냇물 너머 등산로로 이어지는 다리 — 2018년 10월, 묘향산

충성의 다리 — 2019년 8월, 평양

우리의 주변을 짙은 안개로 뒤덮어야 한다.
적들이 우리에 대해 그 어떤 것도
알지 못하도록.

김정일

시작하며

우리는 한 장소에 대해 어느 정도까지 알 수 있을까?

한 번도 가보지 못한 나라에 처음 가면 우리는 보이는 그대로 그 장소와 사람들을 판단한다. 우리가 경험했던 것, 감각하고 느꼈던 본능을 떠올리며 새로운 정보를 받아들이고, 타인의 의견을 듣고 몰랐던 것을 깨닫기도 하면서 미지의 세계를 조금씩 이해하게 된다.

그런데 아주 기본적인 사실조차 진짜인지 가짜인지 알 수 없는 나라에 가게 된다면 무슨 일이 생길까? 직접 보고 느낀 것도 완전히 신뢰할 수 없고, 무엇이 현실이고 상상인지 언제나 불명확한 곳이라면? 이 세상에는 어쩌면 외부인이 영원히 이해할 수 없는 장소도 존재하는 게 아닐까?

2017년부터 주북한 영국대사관으로 발령받은 남편과 함께 북한에서 생활한 2년이라는 시간 동안, 이러한 의문은 끊임없이 나를 따라다녔다. 물론 그전에도 북한에서는 외국인이 사소한 죄목으로 체포되어 아주 비참한 최후를 맞는 경우가 종종 있다는 사실은 알고 있었다. 교주처럼 숭배를 받으며 수입 랍스터와 캐비어를 즐기는 소수의 사람이 있는가 하면, 국민 대부분은 끔찍한 빈곤과 불행에 시달리는 나라인 것도 알고 있었다. 출처에 따라 숫자는 다르지만, 10만 명에서 25만 명에 이르는 사람들이 북한의 노동 수용소에서 고통받고 있다고 했다. 쫙 편 다리를 로봇처럼 들어올리는 북한의 제식훈련 장면과 냉전 시대를 연상시키는 군사 행진, 탄도 미사일과 핵을 실험하는 모습, 뭔가 심오해 보이지만 별 의미 없는 행위로 가득한 북한 특유의 우스꽝스럽고 이질적인 모습도 익히 봐온 바 있다. 그러나 내가 직접 북한에 살아보기 전에는 그곳에서 내가 맞이하게 될 낯선 상황도, 완전히 달라질 삶의 모습도 전혀 예측할 수 없었다. 이제 와 생각해 보면 북한에 가기로 한 선택은 인생에서 가장 무모했던 도전이었다. 앞으로 백 년을 더 산다 해도, 이보다 더한 경험은 하기 힘들 것 같다.

북한행을 결정한지 4개월 후, 나는 덥고 눅눅한 여름 공기를 맞으며 북한에 첫발을 내디뎠다. 작고 불안정한 비행기 탑승 계단 꼭대기에서 나는 잠시 심호흡을 했다. 소나무 냄새와 비행기 기름 냄새, 그리고 조종실에서 흘러나오는 담배 연기 냄새가 났다. 황량한 콘크리트 활주로를 응시하면서, 수화물 취급소 직원들에게 이유 모를 고함을 지르는 군인들의 목소리를 들을 때만 해도 나는 몰랐다. 늘 명확하다고 생각했던 진실과 허구의 경계가 앞으로 2년 동안 내 안에서 완전히 무너지리라는 것을.

우리는 외교단지가 있는 평양시 동부의 문수동에 살았는데, 평양에 거주하는 몇 안 되는 외국인들이 대부분 그곳에서 생활했다. 문수동 외교단지 안에는 여러 개의 작은 주거지구와 대사관, 사무실이 줄지어 있는 거리들이 있었고, 그 외에도 환전소 두어 개, 술집 몇 개, 그리고 외국인 자녀를 위한 학교가 하나 있었다. 우리는 예전에는 동독 대사관이, 지금은 독일, 영국, 프랑스, 스웨덴 외교관들이 모여 사는 지구에서 지내게 되었다. 문수동의 외교단지는 사방이 평양 동부의 고층 아파트로 둘러싸여 있었고, 금방이라도 허물어질 것 같은 그 건물들이 단지 내부의 거리를 훤히 내려다보고 있었다.

외교단지 입구는 언제나 무장 군인이 지키고 있었다. 모퉁이에 서서 통행하는 모든 차량을 감시하던 그 군인의 옆에는 눈에 확 띄는 빨간 전화기가 놓여 있었다. 그렇게 입구를 지나면 백 미터마다 경비 초소가 있었다. 차량이 단지를 빠져나갈 때마다 경비들은 차례로 전화기를 들어 군인에게 보고했고, 차량이 단지로 돌아오면 같은 장면이 다시 반복됐다. 우리가 사는 구역의 출구도 늘 카메라가 감시하고 있었다. 나는 누군가가 우리를 언제나 지켜보고 있다는 느낌을 결코 떨쳐버릴 수 없었다.

북한에는 외국인이 지켜야 할 몇 가지 규율이 있었는데, 어떤 것들은 의외로 다른 제한사항들보다 수월하게 받아들일 수 있는 것들이었다. 이를테면 도시 안에서 자전거나 도보로는 얼마든지 혼자 돌아다닐 수 있었다. 그러나 문수동은 시내 중심에서 도보로 20분 떨어진 거리에 있었고, 편의시설이나 상점, 식당이 도시 전역에 흩어져 있었기 때문에 자동차로 움직이는 쪽이 훨씬 편했다. 외국인도 운전면허 시험만 통과하면 자유롭게 차를 몰고 다닐 수 있었다. 하지만 택시나 지하철을 이용하려면 반드시 사전에 예약해야 했고, 국가가 지정한 북한 감시인과 동행해야 했다. 보통은 우리의 통역사가 그 역할을 담당했다. 버스 탑승은 원칙적으로 금지되었으나 몰래 타고 다니는 외국인도 있는 것 같았다. 기차는 허용된 역으로만 타고 갈 수 있었다. 대중교통을 이용할 때 북한 현지인과 대화하는 게 불가능한 건 아니었다. 그러나 그들은 대부분 차장이 다가오면 입을 굳게 다물었다.

북한 원화는 사실상 휴지 조각이나 다름없어서 시장이나 상점, 식당 몇 곳에서만 사용할 수 있었다. 어딜 가든지 외화가 선호되었고, 유로, 위안, 달러를 섞어 값을 내도 대부분 문제 삼지 않았다. 거스름돈으로 돌려받을 외화가 부족하면 직원은 항상 미안한 표정을 지으면서 북한 원화를 내밀었다.

남포시나 묘향산 같은 몇몇 곳은 감시인 없이 자유롭게 여행할 수 있었다. 평양 변두리로 나가는 검문소는 통과 절차가 간단해서 서류를 제출할 필요도 없었고, 차에서 내리지 않아도 됐다. 그러나 신의주, 원산, 금강산, 개성처럼 북한 감시인이 붙는 곳에 갈 때면 제출해야 하는 서류도 늘어났고 절차도 복잡해졌다. 가끔 외국인이 이런 수속 없이 검문소를 통과했다는 이야기가 떠돌기도 했지만 그다지 신빙성은 없어 보였다. 검문은 비무장지대와 가까운 남쪽 지역으로 갈수록 더 삼엄해졌는데, 이런 검문소를 그냥 통과했다는 이야기는 특히나 더 헛소문일 가능성이 컸다.

그 외에도 일상생활을 불편하게 하는 몇 가지 제한사항

지하철역에서 한 남자가 로동신문 너머로 단체 관광 중인 외국인들을 엿보고 있다. 북한에서 외국인을 접할 기회가 가장 많은 평양 시민들에게도 외국인은 여전히 신기한 존재다. 북한 주민들은 대부분 친절했지만, 이들과 즉흥적으로 대화할 기회는 매우 드물었다. 가끔 눈이 마주치면 그들은 나를 잠시 응시하다가 이내 따뜻한 미소를 지으며 고개를 끄덕였다. 처음에는 어리둥절한 표정으로 쳐다보다가도 곧 미소로 화답해 주었다.
— 2018년 10월, 평양

들이 있었다. 현금 지급기는 늘 부족했고, 안정적인 의료 서비스를 받기 어려웠으며, 인터넷 연결도 잘 되지 않았다. 북한에서 받은 휴대전화기로는 다른 외국인이나 담당 통역사와만 통화할 수 있었다. 다른 북한 일반인들의 휴대전화기 번호로 전화를 걸어보면 연결되지 않았고, 일반적인 휴대전화기 네트워크 신호 또한 완전히 차단되어 있었다.

우리가 가는 곳마다 북한 주민들은 휴대전화기로 우리의 사진이나 동영상을 찍었다. 단순한 호기심으로 하는 행동일 때도 있었지만, 누군가가 끊임없이 나를 향해 휴대전화기를 들이대는 상황에서 (또는 어디에선가 정장 차림의 수상쩍은 남자가 갑자기 나타나는 상황에서) 북한 주민과 의미 있는 대화를 나누거나 교류하는 것은 불가능했다. 나는 그 끈질긴 감시 때문에 늘 신경이 곤두서 있었다. 답답함에 질식할 것 같았지만 가끔은 웃음이 터지도록 우스꽝스러운 상황이 벌어지기도 했다.

무척 추웠던 어느 날 오후, 나는 친구와 등산을 하고 있었다. 영하 15도의 날씨 탓에 우리는 머리부터 발끝까지 겨울 등산복 차림이었다. 잠깐 발걸음을 멈추고 경치를 즐기는데 뒤돌아보니 정장 차림에 가죽 장갑을 낀 두 명의 남자가 우리를 좇아 눈길을 걸어오는 게 보였다. 반짝이는 정장 구두를 신은 사내들은 한 시간여를 빙판길에서 이리저리 미끄러지거나 중심을 잃지 않으려고 서로 붙잡으면서 낑낑댔다. 그중 한 명은 큰 멍이 들지 않았을까 생각이 들 정도로 크게 넘어지기까지 했다. 내 친구가 그들에게 다가가 손을 내밀어 일으켜 주었을 정도였다.

또 한 번은 친구와 식당에서 식사하고 있을 때의 일이다. 갑자기 테이블 바로 옆 창틀에서 엄청나게 큰 전화 벨소리가 울렸다. 종업원을 제외하고 식당에는 우리뿐이었다. 벨소리는 창틀에 놓인 플라스틱 조화 사이에서 들려오고 있었다. 내가 손을 뻗어 조화를 들어 올리자 그 밑에 선명한 파란색의 휴대전화기가 놓여 있었다. 종업원은 당황한 표정으로 서둘러 우리 테이블로 다가오더니 휴대전화기를 집어 들고 몇 초 동안 누군가와 통화했다. 그리고 버튼 몇 개를 누르고 다시 조화 밑에 휴대전화기를 놓아두었다. 그녀는 이후 아무 일도 없었다는 듯이 다시 유리컵을 닦기 시작했다. 외국인을 향한 감시는 이처럼 조금 어설퍼 보일 때도 있었지만 중요한 건 그게 아니었다. 우리가 늘 누군가의 감시와 통제를 받고 있다고 느끼는 게 중요했다.

이런 환경에서 오는 고립감도 견디기 힘들었지만, 북한 주민들과 자유롭게 어울릴 수 없게 하는 미묘한 제한사항들이 나를 더 힘들게 했다. 북한 현지인과 피상적인 교류 이상을 할 수 있는 기회는 드물었다. 내가 만날 수 있는 북한 주민은 대부분 문수동이나 근처에서 일하는 통역사, 청소부, 운전사, 정원사 등이었는데, 이들처럼 기관에 배치된 사람들은 대부분 약간의 영어를 할 줄 알았다. 그 외에도 근처 식당이나 상점에서 일하는 여성들이 있었는데, 이들의 미소와 어린애처럼 까르르대는 웃음소리는 점차 내 일상의 일부가 되어 갔다. 북한에서 외국인을 상대하는 직업은 선망의 대상이기 때문에 이들은 아마도 가장 충성스러운 당원이자 높은 사회적 지위를 가진 집안의 일원일 것이다.

이들을 제외하고, 오며 가며 마주치는 일반 북한 주민과 의미 있는 대화를 나누는 것은 거의 불가능했다. 그들은 외국인과 어울리는 모습이 남에게 어떻게 비칠지 두려워하는 게 역력했다. 대부분은 말을 걸어도 무시하거나 최소한의 대답만 했고, 대놓고 그만 나가 달라고 하는 사람도 있었다. 외교단지에서 자주 보는 이들과 대화할 때도 그들의 입장에서 봤을 때 어느 정도가 평범한 관심의 표현이고, 어느 정도가 지나치게 캐묻는 것인지 파악하기 쉽지 않았다. 또한 그들과의 관계가 진심 어린 우정에 기반을 둔 것인지, 아니면 통제와 감시로 인한 인위적인 관계인지 확신할 수 없었다.

현지 사람들과 신의를 바탕으로 한 진정한 인간관계를 맺지 못하자 나는 깊은 외로움을 느꼈다. 외국인들 중에는 이곳에서 별다른 감정의 동요 없이 잘 지내다가 돌아가는 이들도 많았다. 북한에 대해 너무 깊게 알지 않으려 한다면 그럴 수도 있었다. 그랬다면 분명 이곳에서의 생활이 훨씬 편했을 것이다. 그러나 나는 시간이 지날수록 북한에 대한 의문점과 거기에서 느끼는 감정을 떨쳐버릴 수 없었다. 물론 내가 느끼는 괴로움은 북한 주민들이 일상적으로 겪는 것에 비할 바는 아니었다. 북한에서 지내면서 나는 행간을 읽어내고, 북한사람의 진짜 의도를 파악하고, 그들이 자신들의 삶을 제약하는 벽과 규율을 능숙하게 피해 가는 모습을 관찰하며 많은 시간을 보냈다.

북한의 역사와 현재의 모습을 지탱해 주는 것은 '갖은 고난과 역경을 이겨내고 지켜낸 나라'라는 국가적 서사다. 그러나 북한 정권에 정당성을 부여했던 과거의 이념이나 내러티브가 무엇이었든지 간에, 현재의 북한 체제는 공포와 통제로 유지되고 있다. 북한은 체제가 위기를 맞을 때마다 진실을 교묘하게 비틀어가며 생존해 왔다.

이러한 첫 번째 사례는 6.25 전쟁이다. 2차 세계 대전이 끝나고 일본 강점기도 막을 내렸지만, 미국과 소련은 한반도 통일에 대한 합의에 이르지 못했다. 결국 1948년에 미국이 지원하는 대한민국(남한) 정부와 소련이 지원하는 조선민주주의인민공화국(북한) 정부가 각각 세워졌다. 중국에서 오랜 기간 항일투쟁에 몸담았던 붉은 군대의 조선인 육군 대위 김일성이 소련의 지명을 받아 북한의 수상이 되었고, 이후 조선로동당 위원장으로 선출되어 북한의 지도자가 된다.

김일성은 1950년에 한반도 전체를 공산화하려는 목적으로 조선인민군을 이끌고 남한을 침공한다. 이후 남한과 북한은 수

년간 참혹한 전쟁을 치르게 된다. 1953년 판문점에서 휴전 협정이 체결되면서 전투는 끝났지만, 두 정부가 공식적인 종전 협정을 맺지 않았기 때문에 엄밀히 말하면 전쟁은 아직도 끝나지 않았다.

그런데 북한 학생들이 배우는 역사는 이와 다르다. 북한 지도자의 권력과 그에 따른 체제 유지를 위해서는 새로운 역사가 필요했기 때문이다. 6. 25 전쟁은 '조국 해방 전쟁'으로 재명명되었다. 김일성은 미국과 남한의 침략을 막아 한반도의 평화를 지켜낸 위대한 군사 지도자로 그려졌다. 북한 주민에게 있어서 그는 굳은 의지와 탁월한 지도력으로 (패배에 가까운 교착이 아닌) 조국에 승리를 안겨준 영웅이다. 이처럼 6.25 전쟁의 발발 원인을 김일성이 아닌 미국에 돌림으로써 북한은 '김일성과 그의 후손만이 언제나 침략의 위기에 놓여 있는 조국을 지킬 수 있다'는 국가적 서사의 발판을 마련할 수 있었다.

두 번째 사례는 1990년대에 찾아온 대기근이었다. 1991년에 소련이 해체되면서 원조가 끊긴 데다가 국가 자원을 군대에 지나치게 배분한 결과, 북한 경제는 붕괴 위기에 놓이게 된다. 결국 공산주의 통제경제의 특징인 배급제마저 끊기고, 350만 명에 이르는 주민이 아사한다.[1] 1994년부터 정권을 잡은 김정일은 오랜 세월 북한의 선전 담당 비서로 일했던 경력을 살려 대기근(이 기근은 1998년까지 이어지게 된다)을 '고난의 행군'으로 명명하고, 이를 사회주의 '지상락원'의 건설을 위해 반드시 극복해야 하는 장애

1. Natsios, A. (2001), The Great North Korean Famine: Famine, Politics and Foreign Policy(북한의 대기근: 기근, 정치, 그리고 외교정책), United States Institute of Peace Press; illustrated edition.

2. Missile Defense Project, 'North Korean Missile Launches & Nuclear Tests: 1984–Present(북한의 미사일 발사와 핵 실험: 1984년부터 현재까지)', Missile Threat, Center for Strategic and International Studies, April 20, 2017, last modified July 30, 2020, https://missilethreat.csis.org/north-korea-missile-launches-1984-present/.

물로 이미지화했다.

반대의 증거가 넘쳐남에도 불구하고, 김정일은 대기근의 원인을 선량하고 평화로운 조국을 호시탐탐 노리는 외세의 제국주의적 야망으로 돌렸다. 내가 만난 북한 주민 중에는 기근의 원인이 남한과 서방 국가들에 있다고 진심으로 믿는 이들이 많았다. 그런데 흥미롭게도 기근의 원인이 '복잡하다'고 말한 사람의 수는 더 많았다.

세 번째 사례는 국제사회가 공격적이고 반동적이라고 비난하는 북한의 핵무기 프로그램이다. 북한의 핵 전략은 자력자강으로 외세의 공격에 맞선다는 북한의 국가적 서사와 완벽한 일치를 이룬다. 현재의 '위대한 영도자' 김정은 체제에서 북한은 김정일이나 김일성 때보다 세 배나 더 많은 미사일 실험을 했다.[2] 북한 주민들과 대화를 해보면 상당수가 동아시아의 지정학적 현실이나 북한이 핵 개발을 해야 하는 이유에 대해 아주 자세하게 설명할 수 있었다. 영국에서 이들과 비슷한 직업을 가진 사람들과 같은 주제로 대화하는 것은 상상하기 힘들다. 이러한 사실로 미루어봤을 때, 북한에서는 아주 어린 나이 때부터 북한의 국제적 위상과 안보 딜레마에 대한 당의 선전과 교육이 이루어지는 것이 분명했다. 이러한 교육은 외국인과 마주칠 가능성이 많은 사람이든 적은 사람이든 가리지 않고 철저하게 이루어지는 것 같았다. 어떤 이들은 국가적 서사를 위해 한 나라가 핵 개발까지 감행한다는 건 너무 지나

친 해석이 아니냐고 생각할지 모른다. 그러나 이러한 생각은 북한이란 나라를 제대로 이해하지 못한 데에서 비롯된 오해다.

각 사례마다 확인할 수 있듯이 북한은 체제 유지를 위한 강력한 무기로 거짓을 사용한다. 북한에서 가장 기이했던 경험은 이러한 거짓이 현실과 충돌하는 필연적인 순간을 지켜볼 때였다. 가짜와 진짜 사이의 기묘한 춤을 나는 북한에서 여러 번 목격했다. 북한의 통치 체제는 외국인에게는 (그리고 대부분의 북한 주민에게도) 철저하게 가려져 있지만, 공포로 유지되는 북한의 가짜 현실은 아주 평범한 일상에서도 그 모습을 드러내며 우리에게 그 안으로 들어올 것을 요구했다.

북한에서 지낸 2년 동안 자주 만났던 사람 중에 민정 씨라는 친구가 있었다. 그녀는 묘향 비어 하우스[Myohyang Beer House]에서 일하는 직원이었는데, 이곳은 평양의 다른 주점들과 마찬가지로 술만 파는 곳이 아니었다. 식당 두 개, 노래방 두 개, 주점 세 개에 체육관과 미용실까지 갖춰져 있는 이곳의 로비에는 당구대 옆에 임시로 만들어 놓은 카운터가 있었다. 외국인들은 '아래층 방'이라고 부르는 그곳에서 주로 술을 마셨다. 건물 전체를 관리하는 젊은 여성들은 하나같이 예쁘고 영어가 유창했다. 중국어와 러시아어까지 구사하는 여성들도 있었다. 평양의 주점과 식당은 대부분 여성들로만 운영되는 것 같았는데, 북한은 여성에게 관리자급 직책을 맡기는 일이 거의 없는 나라였기 때문에 이런 모습은 좀 특이해 보였다. 그러나 북한에서는 남자의 모습이 보이지 않는다고 해서 그들의 감시의 눈초리가 없는 것은 아니었다. 이곳 건물의 내벽을 덮은 두꺼운 커튼은 볼 때마다 내 호기심을 자극했다. 외국인은 그 커튼에 가까이 다가가는 것이 금지되어 있었는데, 나는 커튼 너머 비밀의 방에 한 무리의 남자들이 입에 담배를 문 채 카드놀이를 하며 수십 개의 CCTV 모니터를 지켜보는 모습을 상상하곤 했다. 유치한 상상 같지만 그게 사실이라 하더라도 나는 놀라지 않았을 것이다.

민정 씨는 그 주점에서 숙식하며 일하는 여성 중 한 명이었다. 그녀는 외국인은 출입할 수 없는 직원용 기숙사에서 생활했는데, 주 6일을 근무하고 일요일은 가족과 지낸다고 했다. 처음 만났을 때부터 나는 그녀의 약간 괴짜 같은 성격과 건조하고 냉소적인 유머 감각에 끌렸다. 그러나 모든 손님이 그녀의 성격을 좋아한 것은 아니어서 그녀를 놀려대는 사람도 많았다. 늘 인형 같은 미소를 짓고 있는 동료들과는 달리 그녀는 언제나 약간 지루해 보이는 표정으로 손님을 맞았다. 그녀는 외국인을 상대한 경험이 정말 많아 보였다.

민정 씨를 처음 만났을 때 그녀는 나를 차가운 눈빛으로 훑어보더니 이내 눈을 살짝 감으며 콧방귀를 꼈다. 그러고는 한마디 말도 없이 주문받은 음료를 갖다주고는 바의 맞은편 부엌에 있는 작은 스툴에 걸터앉아 핸드폰만 들여다봤다. 그녀는 곧 자신만의 세계에 빠져들었다. 그 모습은 북한 특유의 외국인에 대한 피상적인 예의범절과는 너무나 동떨어져 있어서 나는 그 솔직함에 오히려 매료되었다.

시간이 지나면서 우리는 조금씩 친해졌고, 좀 더 깊은 대화도 나누게 되었다. 민정 씨는 나에게 자신의 일상이 얼마나 지루한지, 틈만 나면 선을 보라는 부모님이 얼마나 피곤한지, 친구들한테 살을 좀 빼라는 말을 듣는 것이 얼마나 지겨운지에 대해 의외로 솔직하게 털어놓았다. 심지어 자유를 속박하는 제약들에 대해 불평하기도 했다. 평양에서 개최된 10K 마라톤에 참가했을 때 그녀는 나를 응원하러 와 주었다. 그러나 그녀는 낯이 익은 사이임에도 불구하고 외국인 무리에게서 멀찌감치 떨어져 서서 가까이 다가오려 하지 않았다. 왜 다가와서 인사하지 않았냐고 묻는 나를 그녀는 잠시 놀란 듯 쳐다보더니 고개를 저었다. "그럴 순 없었어요." 그녀는 속삭였다. "감시가 너무 심했는 걸요. 감시하는 사람들이 그렇게나 많았는데 못 보셨어요?"

민정 씨는 문수동 경비 초소를 지키는 군인은 거짓말쟁이니 절대 믿지 말라고 말해 주기도 했다. 어느 날 저녁, 나는 그녀가 항상 어떤 감시를 받으며 살고 있는지 직접 목격하게 되었다. 주점으로 걸어가던 길에 우연히 맞은편 길에서 그녀가 걸어오는 모습을 보게 된 나는 손을 흔들며 그녀의 이름을 불렀다. 그러나 그녀는 두 손을 주머니에 깊숙이 찔러 넣은 채 땅만 쳐다보며 걸을 뿐이었다. 우리는 말없이 서로를 스쳐 지나갔다. 그 모든 과정을 맞은편 경비초소의 군인이 지켜보고 있었다.

북한 사람들은 상황이 허락할 때에는 나이에 상관없이 직설적인 편이었다. 친하게 지냈던 류씨 아저씨도 마찬가지였다. 그는 은퇴 후 자신이 꿈꾸는 삶에 대해 솔직하게 터놓았다. 그는 은퇴한 다른 남자들처럼 낚시나 장기를 두며 시간을 보내는 것에는 관심이 없었고, '쓸모 있는' 일을 하고 싶어 했다. 시골 출신인 그는 평양 같은 큰 도시를 별로 좋아하지 않았다. 그는 아내와 함께 시골로 내려가 산속에 작은 집은 짓고, 자동차, 인파, 공해가 없는 곳에서 신선한 공기를 마시며 살고 싶다고 했다. 또 다른 친구인 형씨 아주머니는 무뚝뚝한 남편에 대해 자주 불평을 늘어놓았다. 그녀는 지금 하는 일이 별로 재미가 없고 나이들수록 더 하기 싫어진다고 했다. 젊었을 때 운동을 잘했던 그녀는 결혼해서 애를 낳으니 운동할 시간이 없다며 속상해 했다. 그녀는 내 사진들에도 관심이 많았는데, 내가 여행 사진을 보여주면 세세한 부분까지 확대해 가며 유심히 들여다보곤 했다. 그녀는 특히 홍콩에서 찍은 사진들을 좋아했다.

북한에서 만난 친구들은 나에게 영국 정치에 관해서 묻거나, 헨리 8세의 부인들 중 누구를 제일 좋아하냐고 묻는 등, 다양한 주제에 대해 거리낌 없이 질문했다. 그들과 대화할 때 북한 정

평양으로 가는 고속도로의 표지판은 누군가가 손으로 그린 것이다. 풀이 자란 도로변에는 언제나 농작물을 심는 사람들, 손으로 잔디를 뽑는 사람들, 그리고 큰 페인트 붓으로 도로의 선을 다시 칠하는 사람들이 있었다. 내가 차를 타고 지나가면 그들은 잠시 작업을 멈추고 손을 흔들었다. — 2018년 9월, 청년영웅도로

치에 대해 질문하지는 않으려고 애썼지만, 그렇다고 우리가 깊은 주제의 대화를 전혀 할 수 없었던 것은 아니다. 다만 신중함이 필요했을 뿐이다. 나는 북한 친구들과 런던의 탈북자들에 대해서, 인종 다양성에 대한 영국인들의 생각에 대해서, 그리고 종교의 자유나 동성애 합법화 등에 대해 여러 번 대화를 나누었다. 이런 주제에 관해 이야기할 때면 그들은 대부분 어리둥절한 표정을 지었다. 그러나 폐쇄적인 국가에 사는 사람들은 잘 이해하지 못하리라 예상했던 주제, 예를 들면 '글로벌 소비문화' 등에 관해 이야기를 나눌 때면, 의외로 허심탄회하게 자신들의 의견을 이야기해서 나를 놀라게 하기도 했다.

이런 대화를 통해 나는 북한 주민들이 외부 세계에 대해 우리가 흔히 생각하는 것보다 훨씬 더 많이 알고 있다는 것을 확신하게 되었다. 어쩌면 이들은 자신들이 사는 북한이라는 나라에 대해서도 우리가 생각하는 것보다 훨씬 더 복잡한 시각을 가지고 있을지 모른다.

나는 그들이 우리의 대화를 얼마나 간직할지 늘 궁금했다. 북한에서 친구를 사귈 수 있었던 경험은 너무나 소중했지만, 그 우정이 얼마나 진실한지에 대한 의문은 언제나 남아 있었다. 나와 친구가 될 수 있었던 사람들은 외국인과 교류하도록 북한 체제로부터 허락을 받은 이들이었고, 그것은 우리의 관계가 체제의 통제를 받고 있음을 의미했다. 북한에서 만난 친구 은미 씨가 내 혈

액형을 물어본 이유는 어딘가에 있는 외국인 감시 파일에 나의 정보를 추가하기 위해서였을까? 아니면 단순히 남한에서 유행한다는 서양의 별자리 궁합과 비슷한 혈액형 테스트를 해보기 위해서였을까? 류씨 아저씨가 나한테 자신의 인생 이야기를 들려준 이유는 혹시 동정심을 자극해서 나중에 나를 이용하려던 것은 아니었을까? (북한에서 실제로 이런 경험을 한 적이 있다. 단둥에서 평양으로 가는 열차 안에서 만난 세 명의 차장은 나에게 차와 국수를 주며 환심을 샀다. 그러더니 세관을 피해 불법 반입하려는 짐들을 내가 있는 객차에 마구 쌓아 두었다.) 나는 이들을 과연 얼마나 믿을 수 있을까? 이러한 의문은 북한에서 지내는 동안 언제나 나를 따라다녔다. 나는 북한이라는 환경에 매몰되지 않고, 친구들을 있는 그대로 바라보기 위해 무던히 노력해야 했다.

결국 나는 현실을 있는 그대로 받아들이기로 했다. 그래야 내 생각을 지배하는 답답함을 떨쳐버리고 그들과 좋은 관계를 맺을 수 있었기 때문이다. 내가 북한 친구들과 편안하게 지내려면 이 나라에 대한 나의 지식은 모두 접어두고, 오직 나의 직감을 믿고 따라야 했다. 대부분의 경우 나는 북한 친구들이 나에게 진실하게 대한다고 느꼈다. 그러나 설사 내 생각이 틀렸다고 해도 괜찮았다. 그건 그들의 잘못이 아니기 때문이다. 그들은 단지 생존하기 위해 해야 할 일을 할 뿐이었다.

북한 사람들은 대부분 외국에 나가본 적이 없었고, 우리 같은 외국인을 통해서만 외부세계를 접할 수 있었다. 그럼에도 불구하고 나는 해외 경험을 해본 이들을 생각보다 많이 만났다. 북한은 해외여행은 꿈도 꿀 수 없는 감옥 같은 나라이고, 모든 국민들이 외부세계에 대해 무지한 곳일 거라고 생각했었지만, 현실은 그렇지 않았다. 해외 경험이 있는 사람들은 알아보기 쉬웠다. 그들은 공통적으로 외부세계와 관련된 정보에 대해 강한 호기심을 보였다. 물론 이런 사람들은 대부분 북한 사회의 상위 권력계층이었다. 이들은 우리에게 적극적으로 질문하고 대화했다. 특히 중국에 자주 다녀오는 사람들이 많았는데, 그중 일부는 도중에 스타벅스 커피를 몇 봉지 슬쩍 사 오기도 했다. 그 외에도 단둥에서 사업을 하면서 정권을 위해 열심히 외화를 벌어들이는 사람들도 있었고 러시아, 중국, 폴란드 등에서 오랜 세월 유학하고 돌아온 이들도 있었다. 그들은 매년 공무 수행을 위해 출국을 허락받는 운 좋은 소수의 사람들이었다. 이들은 대부분 언젠가 해외에 다시 나가고 싶은 열망을 숨기지 않았다.

그러나 해외에 나가더라도 북한 주민들은 여전히 본국의 감시에서 벗어나지 못했고, 모든 이동과 대화, 그리고 인터넷 사용이 모니터링되었다. 한 친구의 말에 따르면 그들은 해외에서 지하철을 탈 수 없었고, 공무 외 시간도 자유롭게 사용할 수 없었다. 몸만 북한을 빠져나왔을 뿐 여전히 탈출하지 못한 것이다. 그렇다 하더라도 한번 외부 세계에 눈을 뜨면 북한 체제에 대한 믿음이 아무래도 흔들릴 수밖에 없었다. 이러한 이유로 해외 경험이 있는 북한 주민은 일반인보다 더 강도 높은 감시를 받는다고 했다. 그러나 정부의 이러한 노력에도 불구하고 외부세계에 한 번 눈 뜬 사람은 결코 예전의 상태로는 돌아가지 못하는 것 같았다. 나는 해외 체류를 통해 인생이 바뀌는 경험을 한 사람들의 눈빛에서 특유의 호기심과 열린 사고의 흔적을 쉽게 발견할 수 있었다.

북한에서 지낸 2년 동안 가장 힘들었던 건 무엇이 진짜이고 가짜인지 분별하는 일이었다. 이곳에 오기 전 내가 상상한 북한은 모든 것이 가짜인 디스토피아였다. 그곳은 깨끗하지만 환자가 없는 병원, 밝게 빛나지만 학생이 없는 학교, 화려하지만 손님이 없는 휴양시설을 지어놓는 거짓의 나라였다. 대부분의 사람들은 북한을 이런 이미지로만 생각하는 것에 만족할 것이다. 간단하고, 그럴듯하고, 기존의 생각을 재확인해 주기 때문이다. 물론 언제나 그렇듯 진실은 그렇게 단순하지 않다. 그럼에도 불구하고 나 또한 북한의 그러한 이미지가 아주 틀린 것만은 아니라고 생각할 때가 있다. 특히 겨울이 그랬다.

겨울이 다가오는 10월 말이 되면, 시골의 푸르고 무성한 잎사귀들이 점점 색을 잃다가 결국에는 황갈색의 얼어붙은 풍경만을 남기고 사라진다. 평양의 도로는 두꺼운 얼음판으로 변하고,

녹슨 '하모니카 주택(긴 직사각형으로 이루어져 마치 하모니카처럼 보인다고 해서 붙여진 이름)'의 낡은 굴뚝마다 연기가 모락모락 피어오른다. 대부분 자가용이 없는 북한 주민들은 평상시에는 도로에서 지나가는 차를 얻어 타고 다니지만, 겨울이 되면 그마저도 점차 끊기다가 마침내 도시 전체가 멈춰 선 것처럼 느껴지게 된다.

북한에서 첫 겨울을 맞으며 가장 먼저 내 시선을 끈 것은 가게마다 문 앞에 드리워 놓은 두꺼운 커튼이었다. 조금이라도 실내의 온기를 보존하기 위한 방책이었다. 거리의 가판대는 여름에 팔던 아이스크림 대신 커피와 뜨거운 김이 모락모락 피어오르는 찐빵과 케이크류를 팔았고, 출퇴근길의 인파는 추위에 떨며 그것들을 사 먹었다. 도시 곳곳에서 오렌지색 야광 조끼를 입은 인부들이 추운 날씨에도 불구하고 얇은 모직 장갑만 낀 채 곡괭이로 얼음을 깼다. 어떤 인부들은 교차로 한가운데서 차가운 바람과 독한 매연을 온몸으로 맞으며 작업을 했다. 큰길에서 조금 떨어진 빈민가의 사람들은 나뭇가지로 만든 빗자루로 눈을 치웠지만, 얼음만 더 반질반질해질 뿐이었다. 지나가는 자전거는 속수무책으로 미끄러졌다.

이렇게 추운 겨울이면 나는 종종 부엌에 서서 창문을 통해 맞은편 아파트를 바라봤다. 창문마다 테이프로 투명 비닐을 여러 겹 붙여놓은 그 아파트에 밤이 되어 희미한 전등불이 들어오기 시작하면, 나는 맨 위층에 사는 사람들은 어떻게 추위를 견디고 있을까 궁금했다. 북한 주민들은 거실 한가운데 천막을 치고 온 가족이 그 안에 들어가 바닥 타일 아래 온수 배관에서 올라오는 열기로 몸을 녹이며 겨울을 지낸다는 이야기를 어디에선가 읽은 적이 있기 때문이다.

이곳에 오기 전, 북한에 대해 내가 생각했던 이미지는 대부분의 서양 사람들과 크게 다르지 않았다. 북한을 생각하면 비참하고 황량한 풍경 속에서 힘든 삶을 살아가는 사람들의 모습이 자동으로 떠올랐다. 그러나 현실은 생각처럼 단순하지 않았다. 평양의 겨울은 고난의 나날이었지만, 이곳에서도 삶은 계속됐다. 북한 주민들은 혹독한 날씨와 환경 속에서도 소소한 행복을 누렸다. 선전에 능한 이들이 어떻게 고난에 맞서 결코 굴하지 않는 국가의 이미지를 만들어 내는지, 그리고 사람들로 하여금 어떻게 그 이미지 안에서 소박한 만족감을 누리게 만들 수 있는지 나는 조금씩 이해하기 시작했다.

거의 선택의 여지 없이 참가하는 듯했지만, 평양의 주부들은 추운 겨울이 되어도 여전히 아침마다 거리에 나와 출근하는 이들을 향해 응원가를 부르며 춤을 췄다. 입은 옷만 여름옷에서 두꺼운 겨울 정장으로 바뀌었을 뿐이었다. 공원의 학생들도 얇은 여름옷 대신 긴 바지와 셔츠를 입고 축구를 했고, 지나가던 사람들은 겉옷 주머니에 손을 깊이 찔러 넣은 채 구경하거나, 어느 팀이 이길지 내기를 걸었다. 노인들은 손자들을 데리고 공원에 나가

썰매를 태웠다. 눈이 내리면 김일성 광장 곳곳에서 가족끼리, 혹은 어린 학생들끼리 눈싸움을 하는 모습이 보였다. 여름 내내 연못이나 개울에서 낚시를 하며 오후를 보내던 노인들은 겨울이 되어 대동강이 얼어붙자 강 한가운데까지 자전거를 타고 나가 얼음에 구멍을 뚫고 작은 의자에 앉아 온종일 고기가 잡히길 기다렸다. '악몽 같은 디스토피아'의 가장 혹독한 계절이 지나고 있었지만, 거기에도 평범한 일상은 이어지고 있었다.

시간이 지나면서 나는 북한에 대한 서양 사람들의 관념이 어떤 면에서는 지나치게 획일적이고 단순하다고 생각하게 되었다. 북한의 겨울은 춥고 혹독했지만, 아파트의 중앙 난방이 에어컨보다 더 잘 돌아가기 때문에 여름보다 겨울이 좋다는 북한 친구도 있었다. 북한의 어린이 캠프를 견학했을 때도 모든 게 생각처럼 나쁘지만은 않다는 생각이 들었다. 뭔가 좀 어색하고, 어린이를 위한 시설보다는 김정은의 사진이 더 많아 보이긴 했지만 진짜 아이들을 위한 캠프이기는 했다. 캠프에 참가했던 어린 시절에 대해 좋은 추억을 가진 북한 친구들도 많았다. 놀이공원에 가 보면 놀이기구들은 대부분 비어있고 녹이 슬어있긴 했지만, 그렇다고 모든 시설이 처음부터 눈속임용으로 만들어진 것은 아니었다. 북한 주민들은 외국인의 시선이 머물지 않는 곳에서 나름대로 즐거움을 찾으며 살아가고 있었다. 이런 말들이 지금은 허울 좋은 변명처럼 들릴지도 모르겠다. 하지만 그 무렵, 나는 북한의 진짜 모습을 절실하게 이해하고 싶었다. 그래서 나는 자극적인 유튜브 방송이나 극단적인 언론 보도를 통해 접해 왔던 북한의 이미지를 머릿속에서 지워버리고, 편견 없는 시각으로 북한을 다시 처음부터 알아나가기로 마음먹었다.

북한에서 보내는 시간이 길어지면서, 환경으로부터 비롯된 혼란스러움이 나에게도 영향을 미치기 시작했다. 2년의 세월이 지나면서 나의 행동에도 큰 변화가 생긴 것이다. 변화는 사소한 곳에서부터 시작됐다. 북한에 온 지 몇 달이 지나자, 거리의 선명한 빨간색과 노란색의 선전 포스터가 더 이상 눈에 거슬리지 않았다. 처음에는 보기만 해도 가슴이 두근거리던 김씨 일가의 초상화나 벽화도 언제부턴가 길을 찾는 이정표로만 인식되기 시작했다. 북한 노래를 별 생각 없이 따라 부르며 가사의 의미에 더 이상 관심 두지 않았고, 국영방송에서 흘러나오는 호전적인 고함도 기상 예보만큼이나 예사로 여기게 되었다.

더 심각한 건 언제부턴가 북한의 선전에 나도 모르게 공감하기 시작했다는 사실이었다. 서구의 침략으로부터 조국을 지킨다는 명목으로 북한이 벌이는 미치광이 같은 행동과 주장에 나도 어느샌가 동화되기 시작했다. 북한 국영방송이 보도하는 성명서의 번역본을 읽으며 북한이 핵 개발을 하는 것도 무리가 아니라고 생각하기도 했다. 그들은 단지 스스로를 지키려는 것이지 않은가? 엄밀히 말해 북한은 남한과 여전히 전쟁 중이지 않은가?

왜 이런 생각을 하기 시작했는지 나 스스로도 알 수 없었다. 사실에 근거한 생각이 아니라는 것도 잘 알고 있었다. 나도 모르게 북한의 선전에 물든 것일까? 아니면 너무 오래 혼란스러움과 혼자 씨름하다가 더 싸울 기력을 잃어버린 것일까? 스스로 비이성적인 생각을 하고 있다고 깨달은 시점에 이르자 나는 잠시 북한을 떠나 휴식기를 갖기로 했다. 오랜 시간 동안 쌓인 피로와 고립감이 나를 이상하게 만들고 있음이 분명했다. 물론 그 순간에도 나는 잊지 않았다. 북한 주민들은 나처럼 자유롭게 북한을 떠날 수 없다는 사실을.

북한에서 오래 생활한 사람은 고국에 돌아가 북한에 대한 질문을 받으면 피상적으로만 대답하거나, 허세를 부리게 된다. "북한에 직접 살아보니 어때?"라는 질문을 받으면 도대체 어디서부터 이야기를 시작해야 할지 알 수 없기 때문이다. 우리는 북한에 대한 사람들의 고정관념을 재확인시켜줄 수도, 뒤집어버릴 수도 있었다. 그들에게 우리는 북한을 향한 유일한 창이었다.

평양에 오래 살았던 외교관이나 구호원이라 하더라도 껍질 너머 북한의 실체까지 모두 들여다볼 수 있는 사람은 드물다. 그 정도의 식견을 가진 사람이 적을 뿐더러, 북한에 오래 머물수록 또 다른 형태의 편견을 갖게 되기 때문이다. 그 편견에는 흔히 피로와 냉소가 동반되어 있었다. 구호원으로 오래 일했던 한 외국인이 출국을 일주일 앞두고 북한을 다음과 같이 묘사한 것을 기억한다. 그는 북한에서 지낸 5년이 마치 여러 개의 문이 있는 복도에서 보낸 시간 같다고 했다. 문 하나를 열면 그 안에는 또 하나의 복도가 나타났다. 아주 가끔 진짜 방이 나타나기도 하고, 그 방에서 뭔가를 발견하게 될 때도 있었지만 그건 아주 드문 일이었다. 그의 은유적인 표현을 듣던 통역사도 고개를 끄덕였다. 그 통역사는 북한에서 더 많은 문을 열어봤지만, 결과는 크게 다르지 않다고 했다. 북한은 알면 알수록 더 미궁에 빠지게 하는 나라였다.

평양의 외국인들은 본국에 돌아가면 많은 주목을 받고, 자신의 경험이 북한의 전부인 양 떠들어도 제지받지 않는다. 나는 이런 모습을 수도 없이 목격했다. 그리고 이런 경향은 본국에 갔다가 북한으로 돌아온 지 얼마 안 된 외국인들이 제일 심했다. 본국에서 자신의 말을 열심히 경청하던 관객에 익숙해진 그들은 북한에 돌아와서도 영웅처럼 굴었다. 주류 언론조차 외국인들의 그럴듯한 가짜 무용담에 자주 넘어갔다. 평양의 한 대학교에서 공부하던 어떤 외국인 유학생은 영국 유력지에 글을 기고하면서 자신을 북한에 거주하는 유일한 자국민으로 소개했다. 북한에 대해 외부로 알려진 정보가 워낙 부족하다 보니 그의 주장은 여과 없이 사실로 받아들여졌다. 그러나 북한의 외교단지에는 그 나라에서 온 외국인이 여러 명 살고 있었다. 그 학생이 그 사실을 몰랐을 뿐이다. 그러나 아무도 사실 확인에는 큰 관심을 두지 않았다. 북한이

3. The Propaganda Game(선전 놀이), dir. Álvaro Longoria, 2015.

워낙 이상한 나라이기 때문에 독자들은 아무리 이상한 이야기라 하더라도 북한에 관해서라면 사실이라고 믿었기 때문이다.[3]

고국의 사람들은 북한에서 우리 외국인들이 지식과 경험적으로 상당히 많은 제약을 받고 있다는 사실을 잘 모른다. 지난 70년간 북한은 자신의 진짜 모습을 성공적으로 숨겨왔다. 북한 주민조차 북한의 실체를 완전히 이해하지 못하는데 어떻게 외국인이 북한을 이해할 수 있을까?

북한은 그곳에 사는 외국인들에게 이상한 마법을 건다. 나는 그것을 '평양 효과'라고 부른다. 특수한 환경에서 오랜 기간 지내다 보면 많은 외국인들이 행동의 변화를 보이는데, 그 변화는 특히 정보를 다루는 방식에 있어서 두드러졌다. 평상시에는 이성적이고 합리적인 사람들이 현지 소식이나 정보에 대해서만은 이상하리만치 서로 공개하기를 꺼리게 되는 것이었다. 그들은 북한에 대해 알게 된 정보를 마치 현금처럼 거래하거나, 자기들끼리만 공유하며 특혜를 누리는 기분을 만끽했다. 물론 외교관들이 담배 연기가 자욱한 술집에서 밀담을 나누며 정보를 주고받는 모습은 특수한 체제의 국가에서 흔히 연상할 수 있는 장면이다. 그러나 북한에서는 너무나 사소한 정보까지 비밀로 취급하는 것을 보고 나는 놀라지 않을 수 없었다. 외국인들은 마치 자신이 북한 주민이 된 것처럼 술집, 식당, 체육관, 외제품을 파는 상점 등에 대한 정보를 비밀스럽게 거래했다. 왜 이런 현상이 일어났는지는 아직도 잘 모르겠다. 나조차도 그런 분위기에 휩쓸리지 않기가 정말 힘들었다. 처음에는 남들이 모르는 장소를 '발견'하는 게 그저 재밌었던 것 같다. 그러나 시간이 지나면 지날수록 이런 하찮은 경쟁이 얼마나 우스꽝스러운지 스스로 인정할 수밖에 없었다. 여가와 문화생활이 사라져버린 환경에서 우리의 일상은 쓸데없는 잡담, 뒷말, 자기 자랑, 그리고 술로 채워지고 있었다.

한번은 어떤 외교관이 자신의 동료가 코코넛 워터를 어디서 샀는지 알려주지 않는다며 노발대발하는 모습을 목격하기도 했다. 그 동료는 많은 사람들이 원할 만한 물건을 파는 상점을 우연히 발견했는데, 소문이 나면 물건이 동이 날까 봐 입을 다물었던 것이다. 남들이 모르는 정보를 알게 된 그는 그 특권을 포기하고 싶지 않았다. 고학력에 사회적 위상도 높은 두 국제 인사가 필수품도 아닌 물건을 파는 상점을 놓고 심각하게 다투고 있었다. 그런 우리를 지켜보던 민정 씨의 얼굴을 나는 결코 잊을 수 없다. 나는 기본적인 생존조차 고민해야 하는 나라에서 이런 하찮은 일로 싸움을 벌이는 서양인들의 모습이 너무나 창피해서 견딜 수가 없었다.

그 외에도 외국인들은 북한 주민들에게 페이스북, 아마존, 서구의 민주주의 등을 처음 알려 주는 사람이 되고 싶어서 서로 치열하게 경쟁했다. 평양 효과와 북한에 대한 일종의 환상이 더해져 빚어진 희극이었다. 솔직히 말하면 나도 그러고 싶은 충동을 종종 느꼈다. 북한 주민들에게 그들이 모르는 외부세계에 대한 정보를 알려주면서, 그들을 억압하는 북한 체제의 통제를 조금이나마 무력화시키고 싶은 마음은 자연스러운 것이었다. 그러나 우리가 간과한 것은 우리가 만나는 북한 주민들은 대부분 우리가 그토록 알려주고 싶어 하는 정보를 이미 알고 있을 뿐 아니라, 이에 대비한 이념 교육까지 철저하게 받은 사람들이라는 사실이었다. 그렇지 않다고 하더라도 외국인들이 알려주는 정보는 자신과는 아무 상관이 없다고 생각하는 주민들도 많았다. 민정 씨는 페이스북에 대해 하도 들어서 이제는 지겹다고 했다. 한번은 어떤 외국인이 공짜 인터넷에 대해 너무 오래 떠들길래 그만 입 좀 다물어달라고 말한 적도 있다고 했다.

많은 외국인들은 자신이 북한을 변화시킬 영웅이 되는 꿈을 꾼다. 그런 야망이 때론 너무 지나쳐 어리석은 행동을 하기도 한다. 한 외국인은 식당에서 일하는 북한 여성과 연애 중이었는데, 그녀가 북한을 탈출할 방안을 함께 알아보고 있다고 떠벌리고 다녔다. 그 말이 사실이라면 그가 그녀를 얼마나 위험하게 만들고 있는지 정녕 모르는 것일까? 반대로 그녀가 순진한 외국인을 속이고 있다면, 그 모습을 지켜보는 다른 외국인들은 어떤 생각을 하게 될까? 외국인들이 북한 사람은 절대 믿으면 안 된다고 생각하게 된다면 그 또한 누구에게도 득이 되지 않는 상황이지 않은가?

나는 많은 외국인들이 북한에서 별다른 의식 없이 시간을 흘려보낸다는 사실을 알게 되고 크게 실망했다. 한번은 외국인들끼리 북한이 얼마나 특이하고 흥미로운 나라인지에 관해 이야기 나누다가, 이곳도 언젠가는 변할 테니 이곳에서 보낸 시간을 소중하게 여기자는 이야기가 나왔다. 그때 한 고위층 인사가 한 말을 나는 결코 잊을 수 없다. "그래도 너무 많이 변하지는 않았으면 좋겠네."

그의 말이 평소보다도 더 충격적으로 다가왔던 이유는 그 당시 북한을 휩쓸던 격동적인 정치 상황 때문이었다. 평상시 같았다면 북한의 겨울은 여름 동안 고조되었던 군사적 긴장이 조금씩 풀리는 시기였다. 12월에서 2월까지 북한은 눈과 얼음으로 덮인 황무지로 변해 사람과 물자의 이동이 어려워지기 때문에 북한 정권이 혹시라도 겨울에 도발을 감행해서 국제 사회가 군사적 대응을 한다면 여름보다 사상자가 더 많아질 뿐만 아니라, 굶주림과 질병으로 더 큰 타격을 입을 것이라는 점은 대부분의 전문가들이 예측하는 바였다. 그런데 2017년의 겨울은 지금까지와는 달랐다. 전과 다르게 긴장이 예측 불가능한 형태로 고조되고 있었기 때문이다.

핵 실험과 미사일 개발에 대한 북한의 야망은 국제 사회의 비난도, 유엔의 갖은 제재도 꺾지 못했다. 내가 북한에 도착한 2017년에는 북한이 이미 연초에 한 차례의 핵 실험을 감행하고 단거리, 중거리, 중장거리 미사일을 여러 차례 발사한 후였다. 북한이 처음으로 대륙간 탄도미사일 실험에 성공한 7월에는 미 본토가 북한의 사정거리 안으로 들어갔다는 소식이 연일 언론의 헤드라인을 장식했다.

상황이 이렇게 흘러가자, 북한의 정치적 긴장은 더욱 고조되기 시작했다. 평양의 반미 선전은 더욱 기승을 부렸다. 북한이 자국 방어를 꾀한다는 이유만으로 국제사회로부터 부당한 제재를 당하고 있다는 내용의 사설, 에세이, 미술품, 표지판, 다큐멘터리가 쏟아져 나왔다. 그리고 북한의 자력자강과 자력갱생을 향한 구호, 언제 성취될지 모르는 '최후 승리'를 향한 찬양, 부당한 제재로 북한을 괴롭히는 외세에 대한 비난이 그 다음 내용을 채웠다. 미국의 트럼프 대통령은 이에 맞서 김정은을 향한 개인적인 모욕부터 노골적인 전쟁 위협까지 가리지 않고 북한을 자극했다. 이러한 공세의 끝이 무엇일지는 가늠하기 어려웠다. 정치 경험이 부족한 데다 충동적인 성향도 강한 트럼프 대통령은 적어도 그 당시에는 대북 정책에 자신의 정치 생명을 거는 것처럼 보였기 때문이다.

그 순간에도 북한 주민들은 별일 없다는 듯이 평범한 일상을 이어갔지만, 평양의 거리에는 왠지 모를 불안감이 감돌았다. 끝내 무슨 일이 일어나고야 말 것 같았다. 어떤 북한 친구는 전쟁이 날까 봐 두렵다고 했다. 내가 어떤 말이라도 해 주길 기대하는 친구들에게 평상시였다면 미국은 북한을 공격할 생각이 없고, 북한의 무모한 도발에 대한 국제사회의 반응을 북한 스스로가 과장하고 있다고 말해 주었을 것이다. 그러나 이번에는 그렇게 할 수 없었다. 백악관에서 흘러나오는 발언들이 이미 그 수위를 넘어선 것 같았기 때문이다.

결국 내가 할 수 있는 최선은 그들에게 북한의 선전과 다른 진짜 현실을 알려주는 것이었다. 나는 북한 친구들에게 오늘날 국가 간 전면전은 매우 드물게 발생한다고 말해 주었다. 외세 침략을 핑계로 권위주의적인 체제를 정당화하는 나라에 사는 국민은 전 세계가 언제나 전쟁 중이라고 착각하기 쉽기 때문이었다. 그러면서도 어떻게 진실을 설명해야 할지 막막함을 느꼈는데 그들은 의외로 나의 말을 잘 이해한 것 같았다. 내가 말을 마친 후에도 한 친구는 한참 동안 내 얼굴을 쳐다보았다. 어쩌면 그는 이미 진실을 알고 있었는지도 모른다. 진짜와 가짜 사이의 기묘한 춤은 그 순간에도 계속되고 있었다.

그해 여름, 우리는 트럼프 대통령과 김정은이 서로를 향해 '화염과 분노'를 포함한 위협과 모욕을 주고받는 모습을 텔레비전으로 지켜봤다. 마치 어린애 두 명이 오래된 화약통을 주고받으며 위험천만한 놀이를 하는 것 같았다. 조금만 삐끗해도 상황이 순식간에 악화할 수 있는 순간들이었다.

외국인들은 최악의 상황에 대비한 대피 계획을 세워야 했다. 비상사태 발생 시 빠르게 탈출할 수 있도록 여행 가방에 옷가지와 필수품을 챙겨 놓으라는 권고를 받았지만, 현실적으로 탈출은 불가능했다. 우리가 북한을 빠져나가려면 비행기를 타거나 자동차를 몰고 북쪽으로 이동해서 러시아나 중국으로 가야 했다. 어느 방식이든 4시간에서 12시간이 걸리는 거리였다. 남포항이나 원산시에서 배를 타는 방법도 있었지만 그 또한 현실적으로 어려웠다. 평상시에도 주민의 이동이 엄격하게 통제되는 국가에서 전시에 이동이 얼마나 어려울지는 뻔했다. 일단 전투가 시작되면 우리는 꼼짝없이 있는 자리에서 버티는 수밖에 없었다. 우리는 그런 상황에 대비해 통조림을 비상식량으로 비축해 두라는 지시를 받았다.

정말 두려운 시간이었다. 걱정과 스트레스가 차가운 바위처럼 나를 짓누르는 것 같았다. 그러나 적어도 외국인은 지금이라도 원하면 이곳을 떠날 수 있었다. 외부세계에 대한 정보도 있었다. 그런 나도 이렇게 두려웠는데 아무런 정보도 없고, 탈출은 꿈도 꿀 수 없는 북한 주민들의 심정이 어땠을지 감히 상상할 수도 없었다.

이런 생각을 할 때마다 북한 정권을 향한 내 안의 분노는 커져만 갔다. 이 나라의 지도자는 이미 실패한 체제의 유지를 위해 정말로 수백만 명의 국민을 희생시킬 셈인가? 화가 극한에 다다르자 화살이 엉뚱한 방향으로 날아가기도 했다. 북한 주민들은 어째서 아무런 저항도 하지 않는가? 어째서 불의를 보고도 싸우지 않는가? 나는 이곳에 와 있는 외국인들에게도 분통이 터졌다. 상황이 이런데도 그들은 너무나 무력했다. 현재 상황에 대한 각국 수반의 발언은 듣지 않아도 뻔했다. 사실 그들의 발언은 중요하지 않았다. 김정은은 그런 것에 관심이 없었다.

나는 점점 더 어두운 생각에 빠져들었다. 차라리 무슨 일이 터져서 강제로라도 이 위기가 사라지기를 바라기 시작한 것이다. 어느 순간, 나는 전쟁을 원하고 있었다. 북한이 붕괴되면 이 나라의 국민들이 어마어마한 고통을 겪게 되겠지만, 그래도 뭐가 문제란 말인가? 이미 이 나라의 국민들은 고통받고 있지 않은가? 나는 속이 썩어 문드러지는 것 같았고, 나 자신의 진짜 모습을 잃어버리고 있었다.

그런데 2018년이 되자 상황이 예측하지 못한 방향으로 흘러가기 시작했다. 변화는 김정은의 신년사에서부터 감지되었다. 평창 동계올림픽을 위해 남한과 교류하겠다는 의사를 내비친 것이다. 북한은 한 걸음 더 나아가 올림픽에 외교 사절단을 파견하겠다고 밝혔다. 불과 몇 개월 전까지만 해도 핵폭탄을 폭발시키고, 일본의 상공으로 미사일을 날려 보내고, 오랜 시간 대치해 온 나라들에 독설을 퍼붓던 북한이었지만, 이제는 '국제적 왕따' 지위를 벗어버리고 정상적인 국가 반열에 오르려는 것처럼 보였다.

국제 언론은 언제나처럼 떠들썩하게 북한의 유화 제스처를 대서특필했다. 전 세계 언론, 학자, 전문가, 그리고 평양의 외국인들은 간절하게 상황이 전환되길 기다려 왔고 2018년에는 드디어 새로운 도약이 일어날 수 있을 것 같았다. 전 세계가 숨죽이고 북한을 주시하며 좋은 소식을 기다렸다.

북한은 모두의 예상보다 더 적극적으로 동계올림픽에 참

여했다. 판문점에서 열린 몇 차례의 남북 협상 끝에 북한은 공식 사절단과 더불어 선수들도 출전시키겠다고 했다. 북한이 동계올림픽에 참가하는 것은 8년 만에 처음이었다. 더 놀라운 건 남북이 한반도기를 들고 공동입장 할 뿐만 아니라 단일 여성 아이스하키팀을 구성해서 경기를 치르기로 합의했다는 소식이었다. 북한의 응원단, 공연예술단, 그리도 대중 가수들도 속속 합류했다. 김정은의 여동생인 김여정이 북한 사절단을 이끌었는데, 6.25 전쟁 이후 김일성의 직계가족이 대한민국 영토에 들어간 것은 처음이었다. 북한의 상징적 국가원수인 김영남은 문재인 대통령을 평양에 초청하는 김정은의 친서를 가져갔다. 북한의 두 번째 사절단에는 김영철이 포함되어 있었는데, 그는 2010년도 연평도 포격 사태 등 대남 무력도발의 주도기관으로 지목된 정찰총국의 수장이었다. 그런 그가 올림픽에서 이방카 트럼프를 포함한 미 사절단과 같은 자리에 앉게 된 것이다. 세계 언론은 평창 동계올림픽의 성공적인 개최를 대서특필하였고, 국제올림픽위원회(IOC) 회장은 남북 단일팀과 공동 입장은 전 세계에 강력한 평화 메시지를 전한 것이라고 찬사를 보냈다.

이는 북한이 유화적인 제스처와 함께 사람들의 마음을 사로잡는 전략을 사용하기 시작했음을 알리는 신호였다. 몇 주 후, 김정은은 시진핑 주석을 만나기 위해 베이징을 방문했는데, 그가 북한의 지도자가 된 이후 처음으로 출국한 것이어서 화제가 됐다.

이는 이례적으로 기민하면서도 의미심장한 행동의 변화였지만, 김정은은 자신의 의도에 대해 별다른 의심을 받지 않고 성공적으로 그 일을 해냈다.

급작스러운 상황의 변화에 북한 주민들도 적잖게 놀란 것 같았다. 주점에서 민정 씨와 김정은의 베이징 방문 소식을 알리는 국영방송을 보던 날이었다(물론 실제 방문 후 며칠이 지나고 나서야 방영된 것이었다). 그녀는 놀란 눈으로 위대한 영도자가 베이징의 기차역에 내려 마치 영화배우처럼 수백 개의 카메라를 향해 손을 흔드는 모습을 숨죽이며 지켜봤다. 방송이 끝나자 그녀는 나를 향해 미소 지으며 흥분한 듯 내 손을 잡고 흔들었다. 그러고는 곧바로 핸드폰을 집어 들고 빠른 손놀림으로 누군가에게 문자를 보내기 시작했다. 그녀의 흥분이 느껴지자 나도 덩달아 들뜬 기분이 되었다. 그것은 북한 주민의 입장에서 외부 세상을 볼 수 있었던 드문 기회였다. 그들이 이 일을 중대하고 특별한 사건으로 생각한다면, 그럴 만한 이유가 있다고 생각했다.

그해 봄, 평양에서 시작된 변화의 움직임은 남북 관계에만 국한된 것이 아니었다. 북한의 오랜 숙적인 미국도 김정은의 매력 공세에 전향적으로 반응하기 시작했다. 평양 거리의 선전 포스터는 제국주의 침략자들에게 맞서 싸우자는 내용에서 '함께'를 강조하는 문구나 사회주의 건설에 대한 온건한 구호로 바뀌었다. 북한군에게 패배하는 미군의 모습이나 북한의 철퇴에 맞아 파괴된 미국회의사당 그림은 더 나은 미래를 건설하는 과학자, 학생, 노동자의 그림으로 대체되었다. 아주 예외적인 케이스를 제외하면 국영 방송도 공격 수위를 낮췄다. 호전적인 반미 선전 문구가 담긴 엽서나 우표는 기념품 가게에서 어느샌가 자취를 감췄고, 농업, 어업, 공업을 장려하는 평화로운 디자인이 주를 이뤘다. 시내 관공서 벽면에는 거대한 한반도기가 걸렸고, "우리는 하나"라는 표어와 한반도기가 그려진 티셔츠를 입고 통근하는 사람들이 자주 눈에 띄었다. 뭐든지 가능해 보이던 시절이었다. 평양의 공기에는 자유와 평온함이 감돌았고, 주민들의 어깨는 한결 가벼워 보였다.

이런 긍정과 희망의 분위기 속에서도 나는 의구심을 완전히 떨쳐버리지 못했다. 북한의 진짜 목적이 화해에 있다고 믿기 힘들었기 때문이다. 이 모든 일의 끝이 무엇일까? 북한에게 선의를 향한 진정한 의지가 있을까? 내가 아는 북한은 그런 곳이 아니었다. 이곳에서는 모두가 살아남기 위한 게임을 하고 있었다. 남북관계가 아무리 개선된다고 하더라도 결국 우리는 지난 75년간 한반도를 분열시킨 그 문제에 도달하게 될 터였다. 남북 그 어느 쪽도 상대방의 통치를 받으려 하지 않을 것이다. 진정한 평화를 위해서는 누군가가 양보해야 하는 상황이었지만 북한의 DNA에 항복이란 없었다.

나도 다른 이들과 마찬가지로 2018년 싱가포르 정상회담 결과에 큰 기대를 하고 있었다. 또한 북한이 국제무대에서 한 개인의 절대 권력과 폭정으로 운영되는 국가가 아닌, 합법적인 국가로서의 모습을 어떻게 보여줄지 궁금했다. 김정은은 미국 대통령은 물론이고, 여타 세계 지도자를 상대해 본 경험이 전무했다. 이런 현실이 무색하게도 나를 포함한 전 세계는 북한이 내민 미끼를 다시금 덥석 물고 있었다.

싱가포르 정상회담 소식에 대한 평양 거주 외국인들의 반응은 놀라울 정도였다. 북한의 진의를 제대로 파악할 수 있는 능력을 갖춘 이가 아무도 없었음에도 불구하고, 대부분의 사람들은 북한에 진정한 변화가 도래했다며 야단법석을 떨었다. 그들은 맹목적인 낙관에 휩싸여 북한의 평화로운 미래를 기원하며 축배를 들었다. 북한에 오래 머물러 이 나라를 잘 아는 몇몇 사람만이 이번 회담도 북한의 평화쇼에 불과하다고 일축했으나, 그들은 흥을 깨는 사람 취급을 받을 뿐이었다. 평양의 외국인들은 모두가 살아있는 역사의 증인이라도 되는 양 한껏 들떠 있었다.

그러나 북한의 진짜 의도를 회의적으로 볼 수밖에 없는 이유는 분명히 존재했다. 평창 동계올림픽 때부터 언론의 헤드라인에는 등장하지 않는 세부 사항들을 보면 그럴 수밖에 없었다. 북한이 올림픽에 참가하게 된 이유는 평화를 향한 염원 뿐만은 아니었다. 북한은 IOC의 강력한 추천을 받아 올림픽 참가를 위한 숙박비, 여행비, 전문 장비 일체를 제공 받았지만 결국 자력으로 출전권을 따냈던 것은 아니었다. 그러자 그들의 참가를 보장하기 위

4. Jang, Jin-sung (2015), Dear Leader: From Trusted Insider to Enemy of The State, My Escape from North Korea(경애하는 지도자: 신망받는 내부자에서 국가의 적으로, 나의 탈북기), Rider Publishing.

해 마련된 와일드카드를 통해 북한 선수들은 예외적으로 출전권을 따낼 수 있었다. 북한이 그저 참가만 해도 박수갈채를 받을 수 있도록 사전에 수많은 조작이 이루어졌던 것이다.

싱가포르 정상회담을 앞두고 이루어진 외교 공세도 마찬가지였다. 북한은 실질적으로는 아무런 양보도 하지 않았음에도 불구하고, 협상 테이블에 앉았다는 이유만으로 전 세계의 박수갈채를 받았다. 모든 비용을 스스로 부담하지 않았음은 물론이다. 마치 가문을 망신시켜 가족으로부터 의절 당한 사람이 명절에 거나하게 취한 채 집에 찾아와 세간살이를 부수고 손님들을 모욕해도, 집에 돌아왔다는 사실만으로 영웅 취급을 받는 것과 다를 바 없었다.

실제적인 양보나 약속은 하지 않고, 피상적인 교류만 증대시키면서 상대방으로부터 최대한 많은 것을 얻어내는 북한의 전략은 과거에도 그 모습을 드러낸 바 있다. 2000년대 남한에서 등장했던 햇볕정책은 북한을 고립시키는 대신 정치적 교류를 기반으로 화해와 협력을 강조한 대외 정책이었다. 그러나 이에 대한 김정일의 대응은 오늘날의 북한과 다를 바 없었다. 김정일은 당시 북한의 외교적 상황에 다음과 같이 말했다고 한다. "미국은 논리적으로 제시하기만 하면 거짓말도 믿고, 일본은 감정적으로 조종하기 쉽고, 남조선은 무시나 협박이 제일 잘 통한다."[4]

북한이 스스로 위기를 만들고, 또 그것의 전환을 통해 체제의 존속을 꾀하는 것은 이번이 처음도, 마지막도 아닐 터였다.

2018년 9월, 북한은 조선민주주의인민공화국 창건 70주년을 맞았다. 보통 이런 큰 기념일은 북한이 전 세계에 막강한 군사력을 자랑할 기회였지만, 이번에는 달랐다. 북한이 새로 각색된 외교술과 우정의 메시지를 전 세계의 뇌리에 각인시킬 수 있는 절호의 기회였고, 전 세계가 북한을 지켜보고 있었다.

세계 각국에서 그렇게 많은 인파가 평양으로 모여드는 모습을 나는 그해 처음 보았다. 평소 텅텅 비어 있었던 북한의 공항이 추가 항공편으로 넘쳐 났다. 베이징과 블라디보스토크로 향하는 기존 노선도 늘어났지만, 베트남이나 라오스 등으로 향하는 새로운 연결 노선도 생겨났다. 외국인들 사이에서는 공항에 주차 공간이 모자라 한참 기다려야 한다는 소문이 돌기 시작했는데, 이는 스산하리만큼 인적이 드물었던 과거 공항의 모습을 떠올렸을 때 상상이 잘 되지 않는 일이었다. 평양 주변의 교통량도 늘어났고, 번쩍이는 검은 승용차 무리와 특별한 시기에 평양을 보고 싶어 하는 외국인들로 가득 찬 관광버스가 도로를 채웠다.

북한 정부는 쏟아져 들어오는 방문객을 맞아 평양을 단장하는 데 막대한 노력을 기울였다. 선전물이 정리되고 거리도 깨끗하게 청소되었다. 도로가 다시 깔리고, 비행기에서 내린 방문객들이 편안하게 이동하도록 공항 고속도로가 재정비되었다. 낡은 건물에는 페인트가 칠해졌고, 반짝거리는 유리로 덮인 상점 건물 안에는 평소보다 더 많은 고급 수입 품목들이 진열되었다. 조명과 새로운 무늬로 장식한 거대한 선전물 게시용 구조물도 등장했다. 다채로운 색상의 꽃들이 여기저기 심어졌고, 화려한 조명이 설치되었다. 릉라도 5.1 경기장에서 매년 개최하다 중단되었던 초대형 매스게임도 '빛나는 조국'이란 이름으로 5년 만에 재개되었다. 선전 구호가 현저히 줄어드는 가운데 새로운 협력의 시대를 춤과 노래와 박수로 찬양하는 북한 주민들의 모습은 놀라우면서도 왠지 모르게 불안했다.

북한은 열광하는 전 세계 관객들을 향해 끊임없이 '평화'와 '통일'의 메시지를 보내 주었고, 내가 북한을 떠났던 2019년까지도 새로운 미래를 향한 북한의 여정은 희망 차 보였다. 그러나 만약 이 모든 것이 북한의 실상을 숨기려는 북한 정권의 모략이었다면? 진실은 그것을 보지 않으려는 사람들에게만 보이지 않을 뿐이었다.

북한의 일상은 여전히 평범하게 흘러갔다. 일이 힘들다고 하소연하는 직장인 친구들, 해변에 모여 앉아 노래방 기계로 흥을 돋우며 즐거운 한때를 보내는 가족들, 만취 상태로 싸움판을 벌이는 사람들, 신분증을 보여 달라는 군인과 불안한 얼굴의 주민들, 퇴근길 인파를 향해 고함치는 인민반장(지역 단위인 '인민반'을 대표하는 여성), 모두 그대로였다.

이런 모습은 언론의 화려한 스포트라이트를 받기에는 너무 평범할지 모른다. 그러나 북한에서 지내는 동안 나의 눈과 감각을 사로잡은 건 바로 일상의 모습이었다.

북한에 도착하던 첫날부터 나는 사진을 찍었다. 처음에는 단순한 취미로 시작했지만, 사진을 통해 북한의 복잡한 현실에 대한 나의 생각과 감정을 표현할 수 있다는 사실을 깨닫자 나는 어딜 가든 습관처럼 카메라를 들게 되었다.

다른 나라와 마찬가지로 북한에도 공개적인 사진 촬영에 대한 규정이 있다. 외국인은 북한 주민의 집 안으로 들어가는 것이 금지되었기 때문에 사진은 공공장소에서만 찍을 수 있었다. 그래서 인물 사진을 찍기는 어려웠지만, 그렇다고 전혀 찍을 수 없었던 건 아니다. 이 책에는 내가 가장 아끼는 인물 사진 몇 점이 수록되어 있다. 북한에서는 관광객에 대한 제재가 엄격함에도 불구하고, 경찰이나 일반 시민이 내 촬영을 직접 제지하거나 검열한 적은 한 번도 없었다. 그렇다고 내키는 대로 원하는 모든 것을 다 촬영해도 된다고 생각한 건 아니었다. 나는 외국인으로서, 이곳에서는 언제나 상황에 따라 적절하고 민감하게 처신해야 함을 잊지 않았다. 다른 외국인이 북한 주민에게 카메라를 갖다 대며 상대방을 놀라게 하거나 불쾌하게 만드는 모습을 나도 수없이 목격한 바 있다. 나 또한 그럴까봐 북한의 사물이나 인물을 향해 카메라를 들 용기를 내기까지 오랜 시간이 걸렸다. 북한 주민들과 대화할 때와 마찬가지로, 사진을 찍을 때도 늘 신중하게 행동했다. 북한 주민이 외국인에 대해 긍정적인 기억을 갖게 되길 바랐고, 경솔한 행동으로 그들을 곤경에 빠뜨리고 싶지 않았다. 나는 언제나 한 인간으로서 그들을 존중하려 애썼다. 그것이 그들이 누려야 할 최소한의 권리라고 생각했다.

조금은 순진한 생각일지 모르지만, 내 사진의 목적은 표면 아래의 복잡한 실상을 포착하고 이해하는 데 있었다. 번쩍이는 건물과 벽화는 처음에는 이국적이고 흥미로워서 눈길을 끌었지만, 그런 것에서 느끼는 참신함은 곧 사그라들었다. 그리고 점차 주변 사람들의 눈빛과 일상에 더 매료되기 시작했다. 몇 개월이 지나자, 북한의 현재 풍경뿐 아니라 시간의 흐름에 따른 평양과 여러 지역의 변화가 눈에 띄기 시작했다. 사진 속 북한 사람들의 헤어스타일, 패션, 건축, 농업의 모습은 마치 시간이 멈춘 것처럼 언제나 똑같아 보였지만, 자세히 보면 아주 조금씩 변화하고 있었다.

또한 사진에는 선전 이면의 진짜 평양이 담겨 있다. 북한이 핵 실험을 감행했던 2017년 11월, 나는 다른 북한 주민들과 함께 기차역의 대형화면을 통해 이 소식을 전해 들었다. 나는 카메라를 들어 통근길의 북한 주민들이 화면을 향해 호기심 어린, 그러나 약간 어리둥절한 시선을 보내는 모습을 사진에 담았다. 그 순간에도 국영방송 카메라 앞에는 정부가 소집한 한 무리의 사람들이 지시에 따라 펄쩍펄쩍 뛰며 박수를 치고 있었다.

사진을 찍으며 나는 원하는 곳에 시선을 두고 그것에 집중할 수 있었고, 복잡한 생각 때문에 눈앞의 현재를 놓치지 않을 수 있었다. 사진을 통해 북한에서 그토록 갈구했던 자유와 자율성을 조금이나마 느낄 수 있었다. 나의 시각, 나의 예술, 이것만은 온전히 내 것이었다.

2019년에 평양을 떠난 후, 나는 내 사진의 가치와 소중함을 뼈저리게 깨닫게 되었다. 북한을 떠나면서 나는 너무나 힘들었다. 그곳을 떠나고 싶지 않았다. 북한 같은 곳에 이렇게 애착을 느끼는 이유를 스스로 이해할 수 없어 죄책감을 느꼈고, 사실 지금도 그렇다. 슬픈 생각에 빠져있을 때면, 북한 주민과 맺었던 모든 인간관계가 가짜처럼 느껴지기도 했다. 나는 그곳에서 지내는 동안 단 한 번도 그들에게 진짜로 묻고 싶었던 것을 묻지 못했다. 영국에는 묻지 않아도 세상만사에 대해 솔직한 의견을 말해주는 사람들이 넘쳐나지만, 북한에 있었을 때만큼 세상에 대한 사람들의 진짜 생각을 절실하게 알고 싶었던 적은 없었다.

북한에서 가장 친하게 지냈던 친구들과의 마지막 대화도 그랬다. 2년이란 세월을 함께 했어도 나는 결국 우리 사이의 벽을 허물지 못했다. 내가 했던 질문들에 뭔가 대답하고 싶은 말이 있다는 걸 느꼈지만, 그들은 끝까지 그 말을 하지 못했다. 나는 북한을 이해해 보려고 필사적으로 노력했지만 결국 실패했다. 그러나 북한을 떠나며 가장 마음 아팠던 건 이것이 사랑하는 친구들의 마지막 모습이라는 확신과 슬픔이었다. 나는 결코 그들을 다시 만나거나, 소식을 접할 수 없을 터였다.

영국으로 돌아온 후 나는 한동안 적응하지 못했다. 마치 허공을 떠도는 기분이었다. 고향과 친구를 잃어버리고, 그 어디에도 속하지 못한 사람이 된 것 같았다. 바로 그때, 북한에서 찍은 사진들을 다시 보게 되었다. 정상적인 사회에 재적응하면서 느끼는 혼란 속에서 그 사진들은 내게 너무나 필요로 했던, 내가 두고 온 세계를 향한 창문이 되어 주었다. 사진을 보자 전에는 보이지 않았던 디테일이 보였다. 배경에 있는 사람들이나 건물 옥상의 모습 등등이 눈에 들어왔다. 사진을 통해 당시에는 온전히 누리지 못한 순간들을 다시 경험할 수 있었다. 내가 원했던 답이 사진 안에 모두 있는 건 아니었지만, 그래도 답을 찾을 수 있는 시간을 더 벌어 주었다. 나는 그 잃어버린 세계를 새로운 시각으로 다시 바라볼 수 있었다.

생생했던 경험이 조금씩 희미해지며 추억이 되자, 지난 2년간 무거운 짐처럼 나의 어깨를 짓눌렀던 기억이 나눔을 향한 막중한 책임감으로 바뀌었다. 나는 북한에서 찍은 사진들과 나의 이야기들을 한데 묶어서 책으로 내기로 결심했다. 그 이상하고, 복잡하고, 혼란스러운 나라에서 산다는 것이 어떤 느낌인지 다른 사람들도 느껴볼 수 있길 바랐다. 책을 읽으며 다른 누군가도 어느 추운 겨울의 화요일 오후에 '미래과학자거리'에서는 어떤 냄새가 풍겨오는지, 산속에서 울려 퍼지는 폭포 소리가 어떠한지, 가는 곳마다 사람들의 시선을 받는 게 어떤 느낌인지, 그리고 바로 눈앞에 있는 것도 믿을 수 없는 기분은 어떤 건지 경험해 볼 수 있기를 바랐다. 무엇보다도 열병식, 탱크, 선전물이 그려진 벽화 이면의 사람들, 친절하고 재미있고 창의적이며 내면이 단단한, 내가 만났던 북한 주민들을 독자들도 만날 수 있기를 바랐다.

북한이라는 독특한 나라에서의 경험은 그곳을 방문했던 사람마다 다를 것이다. 이 책도 단지 한 사람의 기록일 뿐이지만, 나의 이야기들을 최대한 정직하고 진실되게 전하려고 노력했다. 북한에 대한 외국인들의 기록은 과장되었거나, 전쟁이나 지정학적 긴장에 대한 자극적인 이야기에만 치중되어 있고, 평범하면서도 복합적인 눈앞의 일상에 대한 이야기는 간과된 경우가 많다. 이 책을 쓰면서 나는 그렇게 하지 않으려 노력했다.

나는 북한 전문가도 아니고, 이 책이 북한에 대한 독자들의 의문을 해결해 줄 것으로 생각하지 않는다. 이 책에서 내가 던지는 질문의 답을 이미 알고 있는 독자들도 있을 것이다. 내가 관찰한 것과 촬영한 것들에 대해 여러 통계와 분석 자료를 근거로 이의를 제기할 사람도 많을 것이다. 나는 다만 북한에서 산다는 것이 어떤 느낌인지, 그리고 내가 만나고 조금이나마 친해질 수 있었던 북한 사람들에 대해 나의 경험을 토대로 이야기 할 수 있을 뿐이다. 북한 체제가, 혹은 다른 누군가가 북한 사람에 대해 당신에게 심어주려 하는 거짓 믿음을 깨는 데 있어서 이 책이 작은 도움이 되길 바란다.

북한에서 생활했던 경험은 나 자신과 내가 세상을 보는 방식을 근본적으로 바꿔 놓았다. 그 경험을 통해 나는 스스로에 대해 인정하고 싶지 않았던 몇 가지 진실을 발견했고, 더 나은 사람이 되고자 노력하게 되었다. 북한에서 오랜 시간을 보낸 사람이라면 그 나라에 대해 복잡한 심경을 갖지 않을 수 없다고 생각한다. 영국 생활에 재적응하는 것이 여전히 힘들게 느껴지는 나는 이런 감정에 대해 매우 큰 죄책감을 느끼고 있다. 왜냐하면 이런 감정은 탈북자나 북한에 여전히 남아있는 사람들이 겪는 고통에 비할 바가 아니기 때문이다. 그 체제가 여전히 존속하고 있다는 사실에 대해서 나는 여전히 분노를 느낀다. 북한의 주민들이 우리와 마찬가지로 누릴 자격이 있는 자유를 마음껏 누릴 수 있는 날이 하루빨리 오기를 간절히 바란다.

이 글에서 던졌던 첫 질문으로 다시 돌아가 보자. 우리는 한 장소에 대해 어느 정도까지 알 수 있을까? 이 세상에는 어쩌면 외부인이 영원히 이해할 수 없는 장소도 존재하는 게 아닐까?

이 질문에 대한 답을 독자들 스스로 찾을 수 있길 바란다.

작가 노트

평양에서 살아 볼 기회를 얻은 덕분에 나는 그곳에 살아 본 사람만 볼 수 있는 시각으로 북한을 관찰할 수 있는 특권을 가질 수 있었다. 이 책에 실린 사진들은 2017년에서 2019년 사이에 내가 직접 촬영한 12,000여 점의 사진 중 일부다. 대부분은 가이드나 감시자 없이 평양과 인근 지역을 자유롭게 돌아다니며 찍은 사진들이다. 가이드와 동행하지 않으면 외국인이 출입할 수 없는 장소에서 찍은 사진들은 관광 중에 촬영한 것이며 따로 표시해 두었다.

내 사진에 등장하는 인물들의 신상 정보를 최대한 보호하고, 나의 접근이나 행동으로 입을 수 있는 피해를 최소화하는 것은 나에게 매우 중요한 사항이었다. 그래서 몇몇 사진은 일부러 먼 거리에서 촬영하기도 했다. 북한 주민과 교류하면서, 사진 촬영이 부적절하다고 느껴지는 상황에서는 사진 대신 글을 썼다. 이 책에 등장하는 북한 친구들의 이름과 세부 정보는 신원 보호를 위해 조금씩 변형시킨 것임을 밝혀둔다.

사진을 찍으면서 경찰 등으로부터 촬영을 제지당하거나 사진을 검열당한 적은 한 번도 없었다. 사진을 삭제하라는 명령을 받거나 압수당한 적도 없다.

북한에서 외국인은 상대적으로 많은 자유를 누리지만, 외국인의 접근이 아예 금지된 곳도 많았다. 북한 주민의 집을 방문

[왼쪽] 매스게임 — 2018년 10월, 평양

할 수도 없었고, 삼엄한 검문소 너머 시골 마을까지 가 볼 기회는 매우 드물었다. 따라서 누구든 외국인이 경험한 북한은 그 나라의 일부분에 불과함을 기억해야 한다.

나는 이 책에서 북한 사람을 가리켜 '코리안[Korean]'이라는 명칭을 사용했다. 그 이유는 내가 만난 북한 사람들은 의미상으로 헷갈릴 경우를 제외하고는 스스로를 그렇게 불렀기 때문이다. 북한 사람의 이름을 영문으로 표기할 때는 남한식 표기법과는 다른 북한식 표기법을 사용했으며, 남한 사람의 이름을 표기할 때는 남한식 표기법을 사용했다.[5]

북한 체제에서 북한 주민이 겪어온 가난과 고통은 그들의 목소리로만 온전히 전해질 수 있다고 생각한다. 내가 감히 그들의 목소리를 대변할 수는 없다. 이 책은 내가 이방인으로서 북한에서 보고 느낀 것의 기록이며, 나의 경험이 반영된 이야기다.

이 책에 수록된 모든 사진과 글은 개인의 기록이며, 다른 사람, 단체, 또는 정부의 의견을 대표하지 않음을 밝혀둔다.

5. 역주) Korean을 번역하면 문맥상 '조선인'이 적당하지만, 이 책에서는 독자의 이해를 위해 '북한인', '북한 사람', '북한 주민' 등으로 번역했다. 북한에서 자국의 국호를 줄여 말할 때 실제 사용하는 명칭은 '공화국', '조선', '인민공화국' 등이며, '북한'으로 칭하지는 않는다. 또한 작가의 의도대로 북한의 인명과 지명 등은 'ㄹ' 두음법칙을 따르지 않고 표기했다.

평양 제1백화점 진열창 앞에서 찍은 사진. 평양의 엘리트들은 백화점에서 자주 쇼핑을 즐긴다. 최근 평양시에 새로운 백화점들이 많이 생겨났지만, 평양 제1백화점은 1990년대 이전까지 북한을 규정했던 엄격한 계획 경제 체제의 오래된 상징 같은 존재다.
— 2019년 1월, 평양

여느 곳의 러시아워처럼 버스 안은 일터로 향하는 통근자들로 빽빽하다. 여름이면 숨막히는 더위 때문에 사람들은 조금이라도 시원한 공기를 쐬기 위해 창가 자리를 차지하려고 서로 경쟁했다. — 2018년 9월, 평양

소련식 노면전차가 노선을 따라 요란한 소리를 내며 평양 시내를 가로지르고 있다. 차체는 아마도 체코, 헝가리, 러시아에서 가져 온 중고 부속품으로 만들어졌을 것이다. 매일 이 전차를 타고 출퇴근하는 북한 친구들은 잦은 고장과 갈아타는 데 걸리는 시간 때문에 통근 시간이 너무 오래 걸린다고 불평하곤 했다. 한 친구는 전차 때문에 귀가가 늦어져 아이 재우는 시간을 자주 놓친다고 속상해 했다. — 2018년 9월, 평양

북한의 평화자동차 광고는 평양 전역에서 찾아볼 수 있지만, 현실적으로 평범한 북한 주민이 자가용을 구매하는 일은 불가능했다. 반면 상위 권력 계층의 조선로동당원들은 기사가 운전하는 검은색 아우디나 벤츠를 타고 시내를 누볐다. 이런 차들은 무척 빠르게 속도를 내는 데다가 종종 공격적으로 중앙선을 침범했기 때문에 평양에서의 밤 운전은 무척 위험했다. — 2019년 8월, 평양 평양에서는 자전거가 여전히 가장 흔한 이동 수단이었다. 2019년 여름경부터는 중국산 전동 자전거가 도시 곳곳에서 자주 보이기 시작했다. 이 사진을 촬영했던 시기에는 전동 자전거 가격이 최소 250달러였고 백화점에서만 살 수 있었지만, 수완이 좋은 사람들은 그만한 현금이 없어도 그 자전거를 구할 방법을 찾아냈다. — 2019년 8월, 평양

평양의 부흥역에서 통근자들이 다음 열차를 타기 위해 서두르고 있다. 두 개의 노선으로 운행되는 평양의 지하철은 안정적이면서도 저렴한 서민들의 이동 수단이다. 지하 100m 아래로 달리는 평양 지하철은 세계에서 가장 깊으며, 지하철역은 유사시 방공호로도 사용된다고 한다. 동굴처럼 소리가 울리는 승강장은 천장에 걸린 거대한 샹들리에의 빛을 받아 반짝반짝 빛났고, 지하의 퀴퀴한 공기에선 소나무 향이 나는 소독약 냄새가 났다. 다른 대중교통과 마찬가지로 외국인은 지하철 이용이 금지되어 있었다. 이 사진은 개인 가이드를 동행한 투어 중에 촬영했다. — 2018년 10월, 평양

독일 중고 전차를 가져와 만든 북한 지하철 내부의 모습. 안은 무척 깨끗하고, 승객들은 대부분 조용히 앉아 있었다. 신문이나 책을 읽거나, 북한의 최신 게임 앱을 다운받아 휴대폰 게임을 하는 사람들도 있었다. 이 사진을 촬영한 후 어린 학생 두 명이 좌석에 앉아 휴대폰 게임을 하기 시작했다. 시끄러운 게임 음악 소리가 지하철 안으로 울려 퍼지자 우측에 앉아 있던 여성이 시끄러우니 소리를 줄이라며 그들을 야단쳤다.
— 2018년 10월, 평양

북한에서는 군인들이 트럭에 실려 건설 현장으로 이동하는 모습을 자주 볼 수 있었다. 정부에 무료 노동력을 제공하는 군인들 덕분에 북한의 건설 사업은 종종 최단 시간 안에 이루어진다. 이 사진을 촬영한 직후 군인들은 우리를 향해 손을 흔들며 킬킬대고 웃었다. 한 명은 대담하게 손 키스를 보내기까지 했다. — 2018년 8월, 평양 평양의 여름은 기온이 섭씨 40도까지 올라간다. 여성들은 대부분 스팽글이 장식된 양산을 들고 다니며 태양을 피했다. 사진 속 버스 정류장의 여성은 양산이 잘 펴지지 않아 한참 애를 먹었고, 줄을 서서 기다리던 다른 사람들은 그 모습을 재밌다는 듯이 지켜봤다.
— 2018년 9월, 평양

[왼쪽] 군인들에 의해 공사 중인 이 저층 아파트의 바닥 부분은 녹색 울타리로 가려져서 보이지 않는다. 외줄에 위태롭게 매달려 건물 외벽에 망치질을 하거나 시멘트를 바르는 군인들의 모습을 평양에서는 자주 볼 수 있었다. 한번은 햄머로 자신이 서 있는 베란다 바닥을 부수는 일꾼을 본 적도 있다. 그들은 자주 야간까지 작업했는데, 옥상에 서 있다 보면 칠흑 같은 어둠 사이로 병이 부딪치는 소리와 웃고 떠드는 소리가 들려오곤 했고, 용접하는 불꽃이 보일 때도 있었다. 아파트 주변의 공터에는 주로 옥수수 같은 작물이 심어졌다. 사진 좌측의 길바닥에도 겨우내 보관하기 위해 건조 중인 옥수수가 보인다. — 2018년 9월, 평양

[아래] 평양의 상가 앞 주차장에 두 대의 택시가 세워져 있다. 어떤 주차장에서는 외국인들에게 1달러의 요금을 부과하기도 했다. 그런 경우에는 사진 속 우측에 보이는 남자에게 요금을 지불해야 했다. 그러나 보통은 북한 돈으로 5천 원(2018년 기준으로 대략 40센트 정도)이면 주차요금으로 충분했다. 북한의 택시는 번호판 숫자가 짝수로 끝나는 차와 홀수로 끝나는 차가 서로 다른 요일에 운행하는 2부제를 실시한다. 그렇게 하는 정확한 이유는 결국 알아내지 못했다. — 2018년 9월, 평양

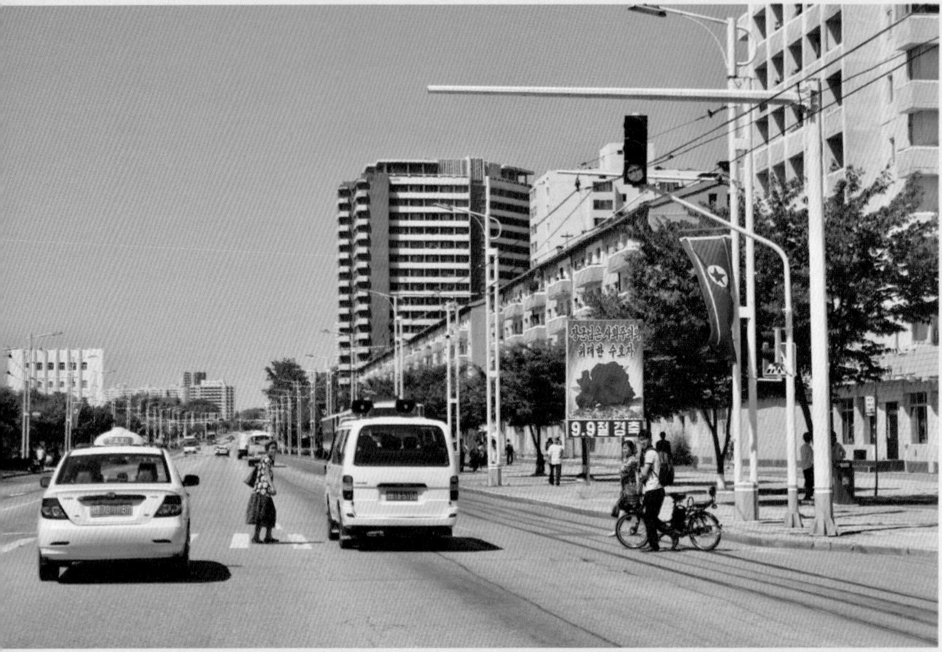
장군님은 사회주의의
위대한 수호자
9.9절 경축

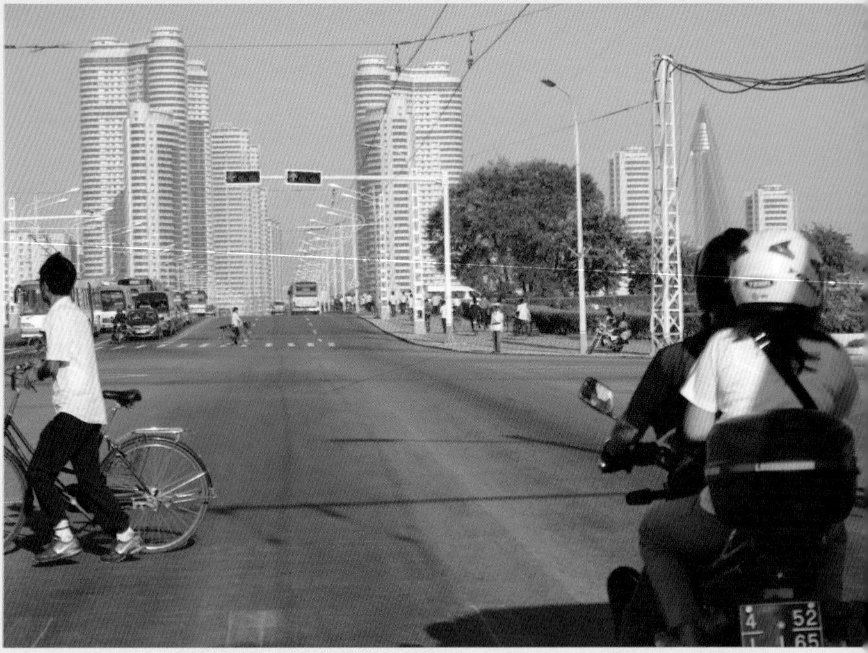

운전면허 시험 보던 날

"안녕하십니까!" 시험관은 큰 소리로 외치며 내 손을 잡고 마구 흔들었다. 그가 손을 너무 세게 잡아서 손가락이 부러질 것 같았다. 소주 냄새를 풍기며 활짝 웃는 입술 사이로 보이는 번쩍이는 금니 때문에 그는 조직 폭력배 같은 인상을 풍기기도 했다.

나는 술 취한 북한인 시험관에게 운전면허 시험을 봐야 하는 상황이 너무나 기가 막혀 웃음이 나왔다. 평양에 온 지 몇 주 되지 않았지만, 벌써 내 삶은 예전과는 완전히 달라져 있었다.

실명을 밝히는 대신 그를 '미스터 소주'라고 부르려고 한다. 미스터 소주는 내 차에 타기 위해 조수석 문을 열었다. 나와 통역사가 탄 차는 시험장 한 중앙에 '주차 금지'라고 쓰여 있는 표지판 아래에 세워져 있었지만, 시험관은 신경 쓰지 않는 듯했다. 차에 오르기 전에 그는 나에게 북한어로 뭐라고 말을 건넸다. 그러더니 곧 몸을 수그리고 나와 눈을 마주치며 짓궂게 웃었다.

"차에 타도 안전하냐고 묻는 거예요." 통역사인 미스터

[왼쪽 상단] 평양은 교통량은 적지만 보행자가 갑자기 차 앞으로 뛰어들거나, 도로 한복판에 자전거가 서 있거나 하는 경우가 많아 운전하기 꽤 까다롭다. 교통 법규나 안전에 대한 인식은 매우 저조했다. — 2018년 9월, 평양

[왼쪽 하단] 한 쌍의 남녀가 오토바이를 타고 외국인들 사이에서 '평양의 맨해튼'으로 불리는 만수대 지구로 향하고 있다. 만수대 아파트는 북한의 권력층들이 수십만 달러를 내고 분양받은 것으로 알려져 있다. — 2018년 8월, 평양

송이 웃으며 말했다.

나는 운전석에, 미스터 소주는 조수석에, 미스터 송은 뒷좌석에 각각 자리 잡고 앉았다. 미스터 소주가 라디오를 틀자 북한의 여성 음악 밴드인 모란봉악단의 노래가 흘러나왔다. 신시사이저의 트럼펫 연주가 차 안에 울려 퍼지는 소리를 들으며 나는 시험장을 빠져나왔다. 나는 '좌회전', '우회전' 같은 북한어를 알아듣지 못했기 때문에 미스터 송이 통역을 해주어야 했다. 안타깝게도 미스터 송이 미스터 소주의 지시를 통역하고 나면 이미 방향을 틀어야 할 타이밍을 놓친 후였다. 결국 그 둘은 서로 몸짓으로 의사소통을 하다가 급기야는 운전하는 나에게도 몸짓으로 지시를 했다. 그야말로 촌극이 따로 없었다.

첫 30분은 가끔 신호등에 멈춰 서는 것 말고는 직진만 했다. 미스터 소주는 나를 팔꿈치로 쿡쿡 찌르거나 엄지를 들어 보이며 만족감을 표현했다. 그런데 어느 순간 분위기가 바뀌더니 미스터 소주의 얼굴이 굳어지기 시작했다. 그는 손바닥을 펴고 천천히 위아래로 움직였고 이마를 잔뜩 찌푸린 채 숨을 거칠게 쉬고 있었다. 나는 속도를 확인했다. 아무 문제도 없어 보였다. 신호등도 확인해 봤지만 별다른 이상은 없어 보였다. 그래서 나는 하던 대로 운전을 계속했다. 미스터 소주는 점점 더 화가 난 것 같았고, 몸을 앞으로 기울여 가며 손바닥을 위아래로 빠르게 움직였다. 그의 숨이 점점 더 거칠어지고 있었다.

"린지 여사님, 제발 속도 좀 줄이세요!" 미스터 송이 뒷자석에서 외쳤다. 도로에 집중하느라 우리가 김일성과 김정일의 거대한 벽화를 지나고 있는 것을 눈치 채지 못했던 것이다. 나는 바로 브레이크를 밟아 속도를 줄였다. 미스터 소주는 내가 차를 거의 멈출 때까지 투덜거리며 손바닥을 위아래로 움직였다. 미스터 송이 김씨 일가의 초상화가 보이면 반드시 속도를 줄이고 정중하게 지나야 한다고 설명했다. 김씨 일가에게 존경을 표하는 것은 북한 주민뿐 아니라 외국인도 의무적으로 따라야 하는 규율이었다.

미스터 소주가 고개를 끄덕였고, 우리는 정적 속에서 차를 몰았다. "린지 여사님, 항상 속도를 줄여야 해요." 미스터 송이 약간 민망해 하며 말했다. 벽화가 멀어지고, 나는 시험의 마지막 단계에 이르렀다.

나는 미스터 소주의 지시에 따라 허름한 체육관 뒤에 있는 큰 주차장으로 차를 몰았다. 마치 자동차 경주 트랙 같은 1차선 도로가 구불구불한 모양으로 주차장 안을 빙 둘러싸고 있었다.

"같은 속도를 유지하면서 직진했다가, 다시 같은 속도로 후진하세요." 미스터 송이 말했다. 그런데 내가 엑셀을 밟으려는 찰라, 시험관이 차에서 내리더니 내가 앉아 있는 운전석 문을 열었다. "직접 보여주시겠다고 하네요."

미스터 소주가 조수석 쪽을 가리켰고, 나는 시키는 대로 움직였다. 그는 운전석에 앉아 좌석을 핸들이 가슴에 닿을 만큼 앞으로 당긴 다음, 담배 자욱이 묻은 손가락으로 핸들을 움켜잡았다. 그러고는 마치 꿈의 자동차라도 모는 것처럼 잠시 그 순간을 만끽하더니, 나를 향해 몸을 돌려 금니를 번쩍이며 웃었다. 미스터 송도 동의하듯 고개를 끄덕였다. 드디어 차가 움직이기 시작했다. 안정된 속도로 트랙을 완주한 미스터 소주는 차를 세운 후 메리 포핀스[6]처럼 손뼉을 쳤다.

"프로는 이렇게 운전하는 거라고 하네요." 미스터 송이 웃으며 말했다. "이제 여사님 차례에요."

미스터 소주는 눈썹을 치켜 올리더니, 잘해보라는 듯이 나를 손가락으로 가리켰다. 나는 운전석을 원위치 시킨 후, 트랙을 따라 차를 몰기 시작했다. 트랙을 완주한 후에는 미스터 소주가 했던 것처럼 손뼉을 쳤다. 미스터 송과 시험관은 그 모습이 재밌었는지 한참 동안 웃어댔다.

미스터 소주는 내 팔을 살짝 두드리더니, 다시 엄지손가락을 치켜세웠다.

"여사님도 운전을 아주 잘하신대요." 미스터 송이 말했다. 미스터 소주는 몸을 옆으로 기울여 자동차 스틱에 팔을 기대고는, 추파를 던지듯 눈썹을 위아래로 움직였다. "그게 다 북한에서 제일가는 시험관을 만난 덕분이라고 하네요."

6. 역주) Mary Poppins: 영국 작가 P. 트래버스가 쓴 소설에 등장하는 우산을 타고 날아다니는 보모. 손뼉을 치면 마법이 일어나면서 고민거리가 해결된다.

북한의 해안 도시 중 하나인 남포시는 평양에서 남서쪽으로 50km 떨어진 곳에 있다. 평양을 관통하는 대동강 어귀에 위치한 이 도시는 북한 서해안의 주요 무역항이자, 조선인민군 해군 서해 함대가 주둔하고 있는 곳이기도 하다. 이곳에는 해군 조선소와 대규모 산업 단지도 있다. 물론 물놀이를 할 수 있는 해변도 있다. 남포시로 들어가는 길목에는 버스가 여러 대 세워져 있는 것이 자주 보였다. 북한 주민들은 여기에서 경찰에게 신분증과 여행증 확인을 받기 위해 이리저리 돌아다녀야 했다. — 2019년 8월, 남포

평양의 거리에서는 어린 학생들이 지나가는 모습을 자주 볼 수 있었다. 아이들은 서로 손을 잡고 노래를 부르며 김씨 일가의 벽화에 절을 올리러 가거나 박물관, 워터파크, 영화관 같은 문화 및 레저 시설을 견학했다. 한 북한 친구는 요즘 학생들이 학교에서 예절을 잘 지키지 않고, 특히 남자아이들은 점점 더 버릇이 없어지고 있다고 했다. 부모들은 아이들이 게임보다 숙제에 더 집중하게 하느라 애를 먹었고, 교사들은 잠시도 가만있지 않는 아이들을 교육하고 통제하느라 고생이 많다고 했다. — 2018년 9월, 평양

학생들은 벽화 앞 계단을 오른 후 가지런히 줄을 서서 함께 절을 했다. 조화나 선물을 가져온 아이들도 있었는데, 이는 관리인이 수거한 후 뒷사람들에게 재판매한다는 소문이 있었다. 김씨 가문 초상화를 비롯한 모든 공식 이미지는 평양에 있는 만수대창작사에서 제작한다. 1959년에 설립되어 김정일의 '특별 지도'하에 운영되었던 이곳은 선전물 생산에 중요한 역할을 담당하기 때문에 북한 정부 부처의 지위를 누리고 있다. 1970년에는 김정일의 지시에 따라 북한의 모든 가정은 국가에서 발행한 김일성의 초상화를 집에 의무적으로 걸게 되었다. 1972년부터는 이 규정이 기차역, 편의시설, 정부 건물 등 대부분의 공공장소에도 적용되었다. — 2018년 9월, 평양

벽화 앞의 소년

북한 지도자들의 거대한 벽화가 지나가는 모든 이들을 내려다보고 있었다. 벽화 앞에는 푸른 관목이 잘 손질되어 있고, 광이 나도록 연마된 작은 계단 양옆에는 태양열 조명 두 개가 세워져 있었다.

이제 갓 다섯 살 정도 되어 보이는 어린 소년이 벽화 앞 넓은 포장도로에서 축구공을 차고 있었다. 아이는 노란색 티셔츠에 파란색 반바지를 입고 있었고, 한 손에는 먹다 만 과자 봉지가 들려 있었다. 까르륵대며 신나게 공을 차는 어린 선수를 향해 지나가는 사람들은 응원의 말을 건네거나 하이파이브를 했다. 그런데 소년이 갑자기 움직임을 멈추더니, 공을 집어 들고 돌계단을 올랐다. 그러고는 공과 과자 봉지를 한쪽에 조심스럽게 내려놓고 단상 중앙에 섰다. 거대한 벽화 앞에서 소년의 뒷모습은 정말 작아 보였다. 아이는 티셔츠와 반바지를 내려 당겨 옷매무시를 단정히 하더니, 공손하게 차렷 자세를 취한 후 북한의 죽은 지도자들을 향해 허리를 굽혀 절했다. 아이는 숙인 몸을 잠시 유지하다가, 천천히 허리를 펴면서 자신의 인생에 큰 의미를 지닌 두 사람의 얼굴을 올려다보았다.

[왼쪽 상단] 최고인민회의가 열리는 만수대 의사당의 텅 빈 내부를 김일성과 김정일 밀랍상이 지키고 있다. — 2019년 1월, 평양

[왼쪽 하단] 평양의 도로변에서 어린 소년이 학교 가방을 고쳐 매고 있다. — 2018년 9월, 평양

혼자만의 의식을 마친 소년은 공과 과자 봉지를 다시 집어 들고 경쾌한 발걸음으로 계단을 뛰어 내려갔다. 그러고는 상상 속의 팀원들에게 소리를 지르며 열성적으로 공을 드리블해 나가더니 이내 시야에서 사라졌다.

나는 아이의 생각을 헤아려보려 애쓰다가 그만 목이 메고 말았다. 아이는 그들을 진짜 영웅으로 여기고 있을까? 아니면 단지 혼나지 않으려고 해야 할 일을 하는 것뿐일까? 그 아이는 앞으로 북한 체제 아래서 어떤 삶을 살게 될까? 아이의 앞길에 어떤 보이지 않는 장애물이 놓여 있을까?

북한에서 지낸 시간이 길어지면서, 나는 내가 북한에 오기 전에는 북한에 대한 모든 이야기들을 얼마나 맹목적으로 믿었는지 깨닫게 되었다. 평양에서는 수백 명의 사람들이 매일 김일성 벽화를 찾아 절한다는 내용의 다큐멘터리를 봤던 기억도 난다. 그러나 그날 벽화에 절하는 사람은 그 아이 말고는 한 명도 보지 못했다. 북한에 대한 과장된 이야기가 쉽게 믿어지는 이유는 북한에 직접 와볼 수 있는 사람의 수가 너무 적기 때문인지도 모른다.

젊은 남녀가 손을 잡고 평양의 일간지인 로동신문 사옥을 지나고 있다. 공공장소에서의 애정표현은 부모 세대의 눈살을 찌푸리게 하지만 젊은이들 사이에서는 점점 더 일상이 되어가고 있다. 평양 엘리트 계층에서는 전통적인 규범에 더 이상 개의치 않거나, 도전하는 신세대 젊은이들이 늘어나고 있다. — 2018년 8월, 평양

팔골다리를 가리키는 표지판을 따라가면 김일성과 김정일 벽화를 지나 남포로 향하는 큰 도로가 나타난다. 평양에 여름이 오면, 잔디를 손질하는 중년 여성이나 잔디에 물을 뿌리는 학생 작업반의 모습을 자주 보게 된다. — 2018년 8월, 평양 평양 만수대 언덕에 있는 거대한 김일성 · 김정일 동상이 가장 유명하지만, 남포시 중앙 도로에서도 작은 버전의 동상을 찾아볼 수 있었다. — 2018년 9월, 남포

혁명열사릉의 콘크리트 계단을 둘러싼 스피커에서 웅장한 오케스트라 음악이 흘러나오는 동안, 한 가족이 김일성의 첫째 부인이자 김정일의 친모인 김정숙의 흉상에 절하고 있다. 아버지의 손을 잡은 여자아이도 눈에 띈다. 북한에서는 김정숙을 용감무쌍한 항일 게릴라이자 국모로 추앙하고 있다. 그녀에게 참배하기 위해 머리와 옷매무시를 가다듬으며 이 소녀는 무슨 생각을 했을까? 이 아이에게 김정숙은 어떤 존재일까?
— 2019년 8월, 평양

[다음 페이지] 나는 평양 시내에 나갈 때마다 일부러 김일성 광장을 지나가곤 했다. 어떤 행사나 리허설이 예정되어 있는지 미리 알 방법은 없었기 때문에 기회가 있을 때마다 이곳에 가보는 것은 그만한 가치가 있었다. 가끔은 운 좋게 열병식이나 각종 군중대회 연습 장면을 볼 수 있었기 때문이다. 큰 행사를 앞두고서는 리허설이나 춤 연습을 하는 사람들의 모습을 자주 보기도 했지만, 대부분의 경우 광장은 텅 비어 있었다.
— 2019년 1월, 평양

광장

인민대학습당 전면에 걸린 김일성과 김정일의 거대한 초상화가 김일성 광장을 내려다보고 있었다. 광장 바닥은 대규모 군중 행사나 집회에 동원되는 참가자들이 표식으로 사용하는 점과 숫자로 뒤덮여 있었다.

김일성 광장의 중앙까지 처음 걸어 나갔던 날, 나는 신발로 바닥의 점들을 밟아보며 얼마나 많은 사람들이 이 자리를 거쳐 갔을지 상상해 봤다. 그곳에는 광장 한 중앙을 가로지르며 시내의 양편을 이어주는 도로가 있었는데, 가로등마다 설치된 스피커와 확성기는 모두 그 도로를 향하고 있었다. 그날따라 불안할 정도로 주변이 조용했다. 지친 얼굴의 통근자들을 가득 태운 낡은 버스가 털털거리며 지나갔고, 파란색 유니폼에 주황색 형광 재킷을 입은 여성이 먼지 하나 없는 콘크리트 바닥을 쓸고 있었다. 지나가는 행

[왼쪽 상단] 북한에서 자주 하는 행진을 연습 중인 대학생들의 모습. 행진에 참여했던 한 북한 친구는 연습 강도가 너무 세다고 불평하곤 했다. 그녀가 사는 지구에서는 행진 연습을 이틀에 한 번씩 한다고 했다. 친구는 이러한 행진 참여가 자발적이라고 주장했다. — 2018년 8월, 평양

[왼쪽 하단] 대동강 건너편에서 본 김일성 광장의 전경. 광장 앞 계단은 바닥에 페인트로 숫자가 그려진 석조 단상으로 이어진다. 여름이면 노인들이 손자들을 데리고 이곳에 모여 낚시 대회를 열고, 군중들은 다리에 서서 그들을 응원했다.
— 2018년 10월, 평양

인은 몇 명 있었지만 초상화 앞에서 멈추거나 절을 하는 사람은 없었다.

그때 갑자기 울려 퍼진 차 경적 소리에 나는 깜짝 놀랐다. 구식 라다[7] 차 한 대가 광장의 북동쪽 모서리를 향해 가다가 마치 땅속으로 녹아내리는 것처럼 시야에서 사라졌다. 차가 어디로 간 것인지 따라가 보고 싶었지만, 경찰에게 제지당할까 봐 잠깐 망설이던 나는 결국 호기심을 참지 못하고 차량이 사라진 지점으로 발걸음을 옮겼다. 자동차 진입 방지용 말뚝을 지나 좀 더 걷다 보니 도로가 터널 아래로 사라지는 것이 보였다. 주변을 두리번거리는데 아까 본 차가 광장 반대편에서 다시 모습을 드러냈다. 이 터널 안에 도대체 무엇이 있는 걸까?

나는 긴장하며 터널로 이어지는 도로를 따라 걸었다. 처음에는 지하철 터널 안으로 들어가는 것 같이 느껴졌지만, 안으로 들어갈수록 주변이 더욱더 어두워져 결국에는 아무것도 보이지 않게 되었다. 주변이 콘크리트 벽으로 둘러싸여 있어 걸을 때마다 발걸음 소리가 메아리처럼 울려 퍼졌다. 금방이라도 누군가 뒤쫓아 와 여기에 들어오면 안 된다고 할 것 같았다. 그러나 뒤쫓아 오는 사람은 아무도 없었다.

나는 휴대전화기를 꺼내 손전등을 켰다. 갑자기 내 앞에 누군가의 윤곽이 드러났다. 70대 후반으로 보이는 노파가 머리에는 스카프를 두르고, 천 운동화를 신은 채 도로 한편에 서 있었다.

7. 역주) Lada: 구소련의 자동차 제조회사

노파 앞의 작은 나무 의자에는 빨간 플라스틱 쟁반이 놓여 있었고, 그 안에는 주름진 오렌지가 들어있었다. 내가 그쪽으로 발걸음을 옮기자 노파는 고개를 숙이며 시선을 피했다.

주변에는 아무도 보이지 않았다. 이런 곳에 손님이 있을 리 없었다. 나는 노파에게 말을 걸고 뭐라고 팔아주고 싶었지만, 한편으론 그녀가 외국인과 대화하다가 감시하는 누군가로부터 곤란한 상황에 처할까 봐 걱정되었다. 그래서 나는 말없이 그녀를 스쳐 지나갔다.

광장의 정중앙쯤이 아닐까 싶은 곳까지 걸어간 나는 머리 위 광장에서 그 악명 높은 대륙간 탄도미사일을 탑재한 이동식 미사일 발사대가 움직일 때, 또는 10만 명의 군인들이 발 맞춰 행진할 때 그 소리가 이곳 지하에서는 얼마나 크게 들릴지 상상해봤다. 이런 생각을 하다 보니 어쩌면 이 터널은 지하 군사기지거나 열병식 때 사용하는 무기보관소일지도 모른다는 생각이 들었다.

바로 그때, 어둠 속에서 사람들의 목소리와 발걸음 소리가 희미하게 들려왔다. 어둠 속에서 건물 하나가 조금씩 모습을 드러냈다. 전면에는 두 개의 거대한 창문이 있었고, 그 사이에 이중문으로 된 입구가 보였다. 나는 주변을 둘러봤다. 아무도 없었다. 나는 건물 안에 무엇이 있는지 너무 궁금해서 참을 수 없었다.

손에 땀이 나는 것을 느끼며 잠시 머뭇거리던 나는 결국 입구의 문을 열고 안으로 들어갔다.

그 순간, 나에게 북한어로 인사말을 건네는 젊은 여성의 목소리가 들렸다. 그녀는 공손하게 미소 지으며 두 손을 내밀어 안으로 나를 안내했다. 그 안에는 군인도, 무기도, 군사시설도 없었다. 그곳은 다름 아닌 지하 백화점이었다.

백화점 내부의 공기는 탁하고 후덥지근했고, 오래된 음식 냄새가 났다. 환기 시설이 없는 게 분명했다. 전구 하나로 된 조명들이 넓은 공간을 간신히 밝히고 있어 상점 안은 어둑어둑했다. 그곳에는 병에 담긴 식품부터 세탁기, 어린이용 자전거에 이르기까지 온갖 물건들이 진열되어 있었다. 색이 바랜 라벨이 붙어있는 맥주병은 몇 년은 묵은 것처럼 보였고, 산수화나 호랑이 그림 같은 구식 미술품들을 조악한 동물 도자기가 떠받치고 있었다.

먼지투성이 바닥 위로 사람들이 밀고 다니는 빨간색 쇼핑카트에서 나는 삐걱거리는 소리와 손님들의 흥분한 목소리가 상점 안에서 울려 퍼졌다. 나는 내 눈을 의심했다. 왜 하필 이런 장소에 백화점을 지어놓은 것일까? 나는 너무 이상하다고 생각했다.

시간이 조금 흐르자, 상점 내부의 탁한 공기가 더는 참기 힘들어져서 나는 궁금증을 꾹 참은 채 그곳을 빠져나왔다. 백화점 밖 어둠 속에서 나는 이 모든 게 너무나 비현실적이라고 생각했다.

나는 앞으로 김일성 광장에 나타난 김정은이 경례를 받고 탄도미사일 행진 장면을 지켜보며 흐뭇한 표정을 짓는 영상을 볼 때마다, 저 광장 밑 지하 어딘가에 북한 버전의 알디[8]가 있다는 사실을 떠올리게 될 것 같았다.

8. 역주) Aldi: 독일의 슈퍼마켓 체인이며 영국에도 지점을 두고 있다.

[다음 페이지] 승리거리는 김일성 광장을 곧장 가로지르며 인민대학습당 앞으로 이어진다. 이 거리를 따라 주점과 상점이 쭉 늘어서 있지만, 기온이 곤두박질치는 겨울이 되면 대부분의 가게는 텅 비게 된다. 대신 가게 입구 통로에 자리잡은 오븐에서 흘러나오는 오리구이의 달콤한 양념 냄새가 창문과 문을 통해 거리로 스며든다. — 2019년 1월, 평양

광장의 콘크리트 바닥에 표시된 숫자와 점은 공연자들이 어디에 서고, 어디에서 춤을 추어야 하는지 알려주는 표식이다. 연습 때는 광장 주변을 둘러싼 거대한 스피커에서 음악 소리와 박자를 세는 고함 소리가 울려 퍼진다. — 2018년 10월, 평양

자력갱생,
견인불발

북한의 정권 수립 70주년을 기념하는 광복절 행진을 구경하려 모인 사람들을 순찰하기 위해 군인과 경찰들이 집결하고 있다. 아이들은 이들을 향해서도 깃발을 흔들고 응원하며 환호했다. 우측의 군인은 근처 군악단의 연주에 깊은 감흥을 느꼈는지 군중과 함께 군가를 자주 따라 불렀다. — 2018년 9월, 평양 김일성 광장에서 빠져나온 탱크와 대형 군용 차량이 안전하게 이동할 수 있도록 전차 전선을 큰 기둥에 떠받쳐 놓은 모습을 거리 곳곳에서 찾아볼 수 있었다. 이때는 공무 차량을 제외하고는 교통이 완전히 통제되어 도로가 텅 비게 된다. 행사를 앞두고 들뜬 거리의 분위기에 휩쓸리지 않기는 매우 힘들었다. — 2018년 9월, 평양

한 아이가 아버지의 무등을 타고 지나가는 군인들과 하이파이브를 하고 있다. 이렇게 가족 전체가 군인들을 좀 더 가까이에서 보고 주먹을 부딪치며 인사하려고 트럭이나 탱크 사이를 비집고 달려나오곤 했다. 사진 왼쪽의 군중 사이에 섞여 있던 두 명의 소년은 자신들이 가고 싶은 부대가 어디인지 서로 끊임없이 이야기했다. — 2018년 9월, 평양

앳된 군인이 카메라를 보며 미소 짓고, 그의 동료는 환호하는 군중으로부터 꽃과 풍선을 받아들고 있다. 군인들은 우리 곁을 지나가며 크게 소리를 지르거나, 장난스럽게 경례하거나, 윙크를 했다. — 2018년 9월, 평양

한 청년이 트럭과 탱크가 더 잘 보이는 자리로 이동하기 위해 길을 건너다가 한복을 입은 소녀들에 둘러싸이고 있다. 내 옆에 서 있던 영어를 전공하는 여학생은 행진을 재밌게 잘 보고 있냐며 나에게 영어로 말을 걸어왔다. 군중의 함성과 노랫소리에도 아랑곳없이 그녀는 자신이 해리포터 시리즈를 얼마나 재밌게 읽었는지, 좋아하는 등장인물이 누구인지 나에게 신나게 이야기했다. 탱크가 지나가는 소리 때문에 그녀는 목소리를 한껏 높여야 했다. — 2018년 9월, 평양 행사가 진행되는 동안 북한의 국영방송 카메라가 군중을 촬영하다가 외국인이 보이자 특별히 주목하고 있다. 평양의 외국인들은 북한 방송을 보다가 자신의 얼굴을 발견하는 일이 자주 있었다. 북한의 공식 행사에 외국인의 모습이 보이면 행사의 정당성이 더 높아진다고 생각되는 것 같았다. — 2018년 9월, 평양

하복을 차려입은 젊은 수병이 군중을 향해 손을 흔들고 있다. — 2018년 9월, 평양

열광하던 군중이 서로 부대끼다가 행진하는 차량에 너무 가까이 다가가면 경비가 다가와 뒤로 물러서라고 제지했다. 근처 노점상에서는 커피와 아이스크림이 종일 불티나게 팔렸다. — 2018년 9월, 평양

먼지가 자욱한 남포의 거리에 한 여성이 손으로 칠한 선전 표지판 아래 서 있다. 남포의 거리에는 평양처럼 분식점이나 커피 노점상들이 제법 줄지어 있었지만, 노숙자들이 점거한 아파트 단지는 낡고 지저분했다. 그리고 도로에는 자동차가 별로 보이지 않았으며, 평양에서는 자주 보였던 전동 자전거가 아직 이곳까지는 전파되지 않은 것 같았다. 남포 시민들은 낡아빠진 자전거를 타고 다니다가 누군가 길을 막으면 시끄럽게 벨을 울려댔다. 남포에 대한 기억은 갈매기, 자전거 벨 소리, 그리고 서로를 향해 고함치는 사람들의 모습으로 남아있다. — 2018년 9월, 남포한 소년이 병원 밖에 쌓아 놓은 벽돌 위를 뛰어가고 있다. 겨울이면 노숙자로 보이는 여성이 이 건물 입구에 앉아 조용히 돈을 구걸하곤 했다. 평양에서는 걸인을 찾아보기 힘들다. 북한 정권은 북한에는 걸인이 없다고 주장한다. — 2019년 8월, 평양

북한 주민이 안정적으로 추가 수입을 올릴 방법은 다른 사람의 자전거를 고쳐주거나 옷을 수선해주고 돈을 받는 것이었다. 사업수완이 좋은 사람들은 외국인에게도 이런 서비스를 제공하고 외화로 수선료를 받았다. — 2019년 8월, 평양

한 젊은이가 새로 산 세탁기를 자전거에 싣고 주체사상탑을 지나가고 있다. 평양에서 세탁기는 사치품에 해당한다. 북한에서도 해외 유명 브랜드의 가전제품을 많이 볼 수 있었지만, 대부분은 원래 상표가 제거되고 북한 상표가 부착된 상태로 판매되었다.
— 2019년 8월, 평양

평양과 남포를 오가는 버스는 해변으로 놀러 가는 가족들과 알록달록한 물놀이 도구로 꽉 찼다. 이 소년은 신상 수영복이 진열되어 있는 상점 진열창을 한참 동안 바라보다가, 바닷물로 흠뻑 젖어 물이 뚝뚝 흘러내리는 반바지를 입은 채 뜨겁고 쩍쩍 갈라진 거리로 발걸음을 돌렸다. — 2019년 8월, 남포

전 세계 어느 나라나 마찬가지로 직장 동료끼리 걷다 보면 '나를 무시하는 상사'나 '혼내 줄 필요가 있는 동료'에 대한 험담이 시작되기 마련이다. 이날도 내 곁을 스쳐 지나가던 한 여성은 화난 목소리로 직장 동료에 대해 험담을 하고 있었다. 또 다른 여성이 자신의 '게으른 남편'에 대해 불평하는 이야기도 언뜻 들을 수 있었다. — 2019년 8월, 평양

북한 주민들은 배구, 축구와 더불어 농구도 자주 즐긴다. 공공 운동장이나 농구 코트에서 경기가 벌어지면, 지나가던 사람들은 발걸음을 멈추고 구경하거나 응원했다. 아는 사람이 출전한 경우에는 응원 소리가 더 컸다. 한번은 농구 경기를 구경하던 여성이 득점 골을 보고 너무 흥분한 나머지 손뼉을 치며 깡충깡충 뛰다가 가지고 있던 사과 봉지를 놓치고 말았다. 온 사방으로 사과가 굴러가는 모습을 보고 사람들은 웃음을 터뜨렸다. 여성이 사과를 주우려고 야단법석을 떨다가 드디어 마지막 사과까지 주워들자 사람들은 그녀가 결승 골이라도 넣은 것처럼 손뼉 치며 환호했다. — 2018년 8월, 평양 평양의 동부는 빈민촌이 모인 곳이기도 했지만, 동시에 외국인들이 가장 많이 사는 지역이기도 했다. 덕분에 우리는 여름 내내 빈민촌의 사람들이 현관문에 서서 이웃에게 고함치는 소리를 생생하게 들을 수 있었다. 여자들이 빨래를 널다가 담 너머로 서로를 향해 빨래집게를 던지는 모습도 자주 볼 수 있었다. — 2019년 8월, 평양

이런 평범한 일상의 순간을 목격할 때마다 나는 북한 사람들이 서로 무슨 이야기를 나누는지, 그리고 북한 정권에 대해서도 대화를 나누는지 궁금했다. 저들은 단지 누가 축구에서 이겼는지, 우유 값이 얼마나 올랐는지에 관해서만 이야기할까? 아니면 다른 무언가에 대해서도 대화할까? 물론 내가 알 길은 없었다. — 2018년 9월, 평양 평양의 흔한 거리 풍경. 고층 아파트 사이로 요즘 북한 정부가 없애려 애쓰는 '하모니카 주택'의 모습이 보인다. 거리에는 근처 가게에서 풍겨오는 순대 익는 냄새, 왼쪽 노점상에서 파는 김치 냄새, 그리고 자동차 수리점에서 차를 광낼 때 쓰는 기름 냄새가 어우러졌다. 거리의 아이들은 큰 소리로 북한 노래를 부르면서 고무줄 놀이를 했다.
— 2018년 8월, 평양

북한에서는 자전거가 가장 흔한 이동 수단이지만, 건물 밖에서 나뒹굴거나 방치된 자전거가 보이는 경우는 거의 없었다. 이런 자전거 보관소는 주민들이 하루 동안 자전거를 안전하게 보관할 수 있는 장소였다. — 2018년 9월, 평양 여름 해가 뉘엿뉘엿 저물고 평양의 거리에 그림자가 드리워지는 시간이 되면, 어느덧 더위는 사라지고 시원한 공기를 마시려는 사람들이 거리를 가득 채운다. 이때가 집 밖으로 나가기 제일 좋은 시간이었다. — 2018년 9월, 평양

먼지가 자욱한 거리 변, 두 명의 소년이 그늘에서 놀고 있다. 그들은 차나 트럭이 지나갈 때마다 장난스럽게 허리를 굽혀 인사하고, 사람이 지나가면 깔깔 웃으며 손을 흔들었다.
— 2018년 9월, 평양

북한 남자들은 낚시를 매우 좋아했는데, 특히 은퇴한 노인들 사이에서 인기가 많았다. 이들은 이른 아침부터 물가에 나가 적당한 자리를 잡은 후, 함께 담배를 피우거나 소주를 마시고 일간지를 나눠 읽었다. 지직거리는 휴대용 라디오에서는 혁명가가 흘러나왔다. 때로는 손자를 데리고 나와 낚싯줄 던지는 방법을 가르치기도 했다. 여름이 되면 북한 주민들도, 외국인들도, 작은 배를 빌려서 종일 노를 저으며 햇살을 즐기곤 했다.
— 2018년 9월, 평양

평양에서 남포로 향하는 고속도로를 따라 자리잡은 작은 마을에 있는 집들은 대부분 상하수도나 전기 같은 기본적인 시설이 갖춰지지 않았다. 최근에는 도시 외곽에서도 이런 현대식 주택이 많이 보이기 시작했지만, 외딴 시골로 가면 여전히 찾아보기 힘들었다. —2018년 8월, 청년영웅도로 영어로 '드래건 마운틴(dragon mountain)'이라 불리는 룡악산은 (정상까지 자동차로 올라갈 수도 있지만) 등산하기에 정말 좋은 코스다. 이 사진은 룡악산의 낮은 봉우리 중 하나에서 촬영했는데, 동물 캐릭터 모형 뒤로 평양의 전경이 내려다보인다. 이런 동물 캐릭터는 북한의 공원이나 등산로에서 흔히 찾아볼 수 있다. 룡악산 정상으로 올라가는 길은 소풍을 할 만한 쉼터가 많기 때문에, 도심을 떠나 하루 코스로 자연 경치를 즐기기에 안성맞춤이었다. 한 쉼터에서는 고기를 굽던 노부부가 그늘에서 서로 포옹하며 조용한 한때를 보냈고, 다른 한쪽에서는 한 가족이 나무 아래에서 결혼기념 촬영을 했다.
— 2017년 7월, 룡악산

평양 주변의 고속도로는 차를 얻어 타려고 길가를 어슬렁거리는 주민들로 언제나 붐볐다. 화물차나 덤프트럭이 길가에 멈추면 사람들이 올라타거나 뛰어내렸다. 가끔 운전사에게 돈이나 담배를 건네는 모습도 보였다. 외국 차량을 향해서도 태워달라고 손을 드는 사람이 많았다. 그러나 사진 속의 군인은 외국인 차량인지 모르고 손을 들었다가 나를 보고 당황한 것 같았다. 나도 차를 세우지는 않았다. 차를 세웠더라도 그는 타지 않았을 게 분명하다. — 2018년 9월, 청년영웅도로 북한의 시골 마을들은 큰길에서 멀리 떨어진 산속이나 숲속에 자리 잡은 경우가 많았다. 시골 출신인 한 북한 친구는 숲을 뛰어다니며 불을 피우고, 아버지의 담배를 몰래 양말에 숨겨 두었다가 그것으로 뱀을 쫓으며 놀았던 어린 시절을 자주 그리워하며 도시보다는 시골이 좋다는 말을 하곤 했다. — 2018년 9월, 청년영웅도로

외국인이 북한 시골집을 이렇게 가까이서 볼 수 있는 기회는 흔치 않았다. 그러나 2018년에 평양 골프장이 보수 공사를 시작하기 전에는 고속도로에서 골프장으로 이어지는 도로가 시골 마을을 가로질러 갔다. 그래서 골프장 입구로 향하다 보면 우리를 신기하게 쳐다보는 북한 농민들과 아이들을 마주칠 수 있었다. 평양을 비롯한 다른 지역들과 마찬가지로 이 마을에서도 조금이라도 남는 땅이 있으면 먹거나 팔 수 있는 작물을 심었다. 이 사진에도 집 앞뜰에 배추와 옥수수를 심어 놓은 것을 볼 수 있다.
—2018년 8월, 마을 미상

[다음 페이지] 어린 소년들이 염소 떼를 몰고 집으로 돌아가고 있다. 염소들은 아마도 근처 골프장에서 풀을 뜯어 먹고 있었을 것이다. 나는 염소 떼를 찾아 골프장으로 뛰어 들어 온 농부들을 여럿 봤는데, 그들은 염소가 퍼팅 그린의 풀을 뜯어 먹지 못하게 황급히 데리고 나가려 했다. 그러다가 우리들이 권하면 농부들은 골프채를 들고 포즈를 취하며 사진 찍는 것을 무척 좋아했다. — 2018년 8월, 마을 미상

골프장으로 향하는 흙길이 타맥으로 덮인 포장도로로 바뀌기 시작하면 목적지가 얼마 남지 않았다는 신호였다. 길가에 줄지어 심어 놓은 바스락거리는 옥수수 줄기는 임시 오두막에서 들판을 지켜보던 일꾼들이 안심하고 낮잠을 즐길 수 있는 가림막 역할을 해 주었다. — 2018년 8월, 마을 미상

중국으로 가는 길

차가 몇 마일을 달리도록 건조한 도로의 양옆에 남자, 여자, 그리고 어린아이들이 줄지어 서 있었다. 삽을 들고 작은 흙더미 옆에 서 있는 그들의 임무는 최대한 많은 양의 흙을 퍼서 도로를 덮는 것이었다. 도로를 왔다갔다 하면서 땅에 물을 뿌리는 사람들도 있었다. 차량이 지나갈 때마다 흙이 땅에 압착되도록 한 조처였지만 물을 뿌려도 땅은 몇 초 만에 말라버렸고, 바람이 불자 다시 먼지가 날리기 시작했다. 날아간 먼지는 바짝 말라 가죽만 남은 일꾼들의 얼굴 위로 흐르는 땀에 달라붙었다. 그들은 가끔 젖은 셔츠로 어린아이들의 눈과 입을 가려주었다. 무자비하게 내리쬐는 땡볕으로부터 아이들을 조금이라도 보호해 주기 위해서였다. 아무리 큰 죄를 지었다 한들, 이건 너무나 잔인한 형벌이었다.

몇몇 남자들은 인근 야산에서 삽으로 흙을 퍼서 소달구지에 실어 보냈다. 도로의 일꾼들이 사용할 흙을 채워주기 위해서였다. 웃통을 벗은 남자들의 몸은 갈비뼈가 튀어나와 있었다. 그들은 모두 묵묵히 일했다. 도로에 패인 커다란 구덩이들을 피하기 위해 나는 계속해서 속도를 낮췄다. 타이어에서 자갈 밟는 소리가 나자

[왼쪽] 북한의 고속도로에는 가끔 승용차가 보일 때도 있었지만 이동 차량의 대부분은 중국과 물자를 교류하는 화물차나 덤프트럭이었다. 운전 시야가 잘 확보되지 않는 여름 장마철에는 도로에서 미끄러져 길가 진흙탕에 처박힌 차들이 자주 눈에 띄었다. — 2018년 5월, 위치 미상

일꾼들은 고개를 들어 나를 쳐다보았다. 끝없이 이어지는 퀭한 눈동자들이 돌덩이가 되어 내 가슴을 두들겼다. 나는 슬픔과 분노에 휩싸여 어쩔 줄 몰랐다. 깨끗한 옷, 중국에서 산 물건들, 그리고 반짝이는 차, 내가 누리는 모든 것들이 그 순간 너무나 부끄러웠다.

바로 그때, 흙 자루를 등에 지고 천천히 길을 건너는 한 여성이 눈에 띄었다. 나는 그녀가 길을 건너도록 차를 멈춰 세웠다. 무거운 짐을 이고 힘겹게 발걸음을 옮기던 그녀가 고개를 들고 나를 쳐다봤다. 바짝 말라 주름진 얼굴 위로 머리카락에는 땀과 먼지가 엉겨 붙어 있었고, 머리에는 찰과상 같은 핏자국이 보이는 것 같았다. 멍하니 응시하는 그녀의 시선에서는 아무런 감정도 읽을 수 없었다. 그것은 모든 희망을 잃어버린 사람의 눈빛이었다. 과거로부터 유일하게 남아있는 그녀의 존재는 학대받아 망가진 몸뿐인 것 같았다. 그녀는 아무런 감정의 동요도 없이 말없이 돌아서서 시선을 바닥에 고정한 채 다시 걸어갔다.

여기보다도 환경이 더 열악하다는 북한 북부 지방의 삶을 생각하니 도저히 견딜 수가 없었다. 지난 70년 동안 이 나라의 정권은 인민을 보호하고, 돌보고, 사랑한다고 주장해 왔다. 나의 시선이 머물지 않는 곳에 너무나 많은 고통이 존재한다는 사실은 매일 나를 괴롭혔고, 지금도 그렇다.

한 무리의 일꾼들은 마땅한 장비도 없이 도로를 정비해야 했다. 나무들 왼편에는 녹슨 금속 통이 하나 있었고, 그 안에서 뜨거운 불길이 치솟았다. 불 위에 올려둔 금속 냄비 안에는 타르가 끓고 있었다. 일꾼들은 삽으로 뜨겁고 고약한 냄새가 나는 타르를 운반해서 도로의 균열을 메웠다. — 2018년 9월, 청년영웅도로

평양에서 외곽으로 이어지는 넓은 도로의 모습. 차선을 제대로 표시하고, 교통량이 늘어난다면 6차선 도로도 쉽게 깔 수 있을 정도의 넓이다. 지나가는 차들은 도로에 패인 구멍들을 최대한 피하고자 중앙선을 넘나들며 울퉁불퉁한 콘크리트 위를 고속으로 내달렸다. 이렇게 넓은 도로는 전시에는 활주로로 사용된다고 알려져 있다.
— 2018년 9월, 청년영웅도로

[다음 페이지] 군인들로 이루어진 일꾼들이 평양에서 이어지는 도로의 일부를 다시 까는 작업 도중 휴식을 취하고 있다. 청년영웅도로는 평양과 남포를 이어주는 주요 도로이다.
— 2018년 9월, 청년영웅도로

평양의 최고 특권층이 모여 사는 만수대에서 건설 노동자들이 포장도로 아래 배관을 수리하고 있다. 평양의 외관만 번지르르한 건물들처럼, 북한에서는 일단 외피를 벗겨내면 예상치 못한 혼란스러움이 그 모습을 드러낼 때가 많다. — 2019년, 8월 평양

14년 만에 처음으로 중국의 시진핑 국가 주석이 평양을 국빈 방문한다는 소식에, 평양과 주변 지역에서 각종 공사가 대폭 늘어났다. 건물은 다시 칠해졌고, 선전물과 조명들이 교체되고, 도로가 수리되고, 주택에는 식물과 꽃이 심어졌다. 이와 같은 대규모 공사에는 수천 명의 일꾼들이 투입되었다. 사진 속의 남자도 그중 한 명이다.
— 2019년 8월, 평양

많은 북한 주민들이 고된 농사일을 하며 살아가고 있다. 이들은 제대로 된 농기구도 없어서 소달구지를 사용하거나, 수작업으로만 농사를 짓는다. 뜨거운 태양이 작열하는 여름에는 대지가 말라붙고, 겨울에는 혹독한 추위가 가난한 삶을 더욱더 힘들게 한다. 북한 정권은 농민을 자급자족 사회를 건설하고 국가 경제를 견인하는 영웅으로 치켜세우지만, 그들의 현실은 혹독한 빈곤, 그리고 생존을 위한 싸움뿐이다.
— 2018년 9월, 남포

사진 속의 젊은 군인들은 담배를 피우면서 양산을 쓰고 지나가는 젊은 여성들을 샅샅이 훑어보았다. 지나가던 여성이 멀리 사라지기도 전에 한 군인이 말없이 손가락으로 숫자 '8'을 그려 보이자, 다른 군인이 동의하듯 고개를 끄덕였다. 그들은 피우던 담배가 떨어질 때까지 지나가는 여성들의 외모가 10점 만점에 몇 점인지 점수를 매겼다.
— 2018년 9월, 남포

노동자들은 대부분 현장 감독의 감시를 받으며 일했고, 현장 감독들도 때때로 더 윗사람의 감시를 받았다. 북한에서 명령과 통제의 사슬은 길고도 광범위했다. 그러나 한 북한 친구의 말에 따르면 북한의 일꾼들은 누가 보고 있을 때는 바쁘지 않아도 바쁜 척하는 데 매우 능통하다고 했다. — 2019년 8월, 평양

두 명의 일꾼이 김일성 광장 안에 있는 버스 정류장의 포스터를 교체하고 있다. 버스 정류장 같은 곳에 광고 표지판 대신 도시의 풍경이나 유명한 건물, 또는 기념물의 사진이 붙어 있는 점이 나는 늘 신기했다. — 2018년 8월, 평양

미사일

이른 8월의 어느 아침, 이슬에 젖은 아침 햇살이 반대편 아파트 건물에 반사되어 밝게 빛나고 있었다. 새들이 지저귀기 시작할 무렵, 어디에선가 낮고 둔탁하게 윙윙대는 소리가 들려오기 시작했다. 나는 침대에서 벌떡 일어나 창가로 향했다.

바로 그때, 우르릉거리는 소리가 들렸다. 깊은 울림이 있는 소리였다. 폭풍이 오는 소리가 아닐까 하고 생각했지만, 천둥소리는 아니었다. 그보다는 낮게 날아오르는 비행기 소리 같았다. 그러나 비행기와는 달리 소리가 희미하게 사라지지 않았다.

나는 계단을 뛰어 내려가 현관문을 벌컥 열어젖혔다. 우르릉거리는 소리는 이제 더 크게 들려왔다. 나는 아직 이슬이 맺혀 있는 잔디 위로 뛰어나가 하늘을 올려다봤다. 새벽의 습한 공기가 가슴을 압박해 왔고, 온몸이 떨리기 시작했다.

주변의 건물들 때문에 눈으로 볼 수는 없었지만, 그 소리는 들을 수 있었다. 가장 두려워 했던 바로 그 소리였다. 다른 외국인들이 보낸 메시지로 휴대폰이 진동하기 시작했다. 그들은 창문으로 무슨 일이 벌어지고 있는지 볼 수 있었던 것이다. 미사일이었다. 나중에 알게 된 사실이었지만 북한은 그날 아침 평양국제공항

[왼쪽 상단] 길을 건너기 위해 대기 중인 평양 시민들의 모습 — 2018년 9월

[왼쪽 하단] 평양역 앞에 있는 대형 스크린 — 2018년 7월

에서 화성-12형 탄도미사일을 발사했고, 그것은 일본을 지나 태평양 앞바다에 떨어졌다.

나는 축축한 풀밭 위에 서서 우르릉대는 소리가 사라질 때까지 하늘만 멍하니 쳐다보았다.

그로부터 한 시간도 채 지나지 않아, 나는 차를 몰고 정문을 나서고 있었다. 이 도시에서 지금 무슨 일이 일어나고 있는지 직접 알아보기 위해서였다. 세계를 향한 북한의 무력시위에 대해 북한의 주민들은 어떻게 반응하고 있을까? 기뻐하며 손뼉을 치고 팔짝팔짝 뛰고 있을까? 나는 아침 뉴스에서 미사일 발사 관련 소식이 나오는지 들어보기 위해 라디오를 켰다. 그리고 어떤 모습을 보게 되더라도 침착함을 유지하겠다고 다짐하며 심호흡을 한 번 한 후, 시내 도로를 향해 방향을 틀었다.

거리는 여느 때와 다름없이 출근하는 인파로 붐비고 있었다. 중대한 사건이 있을 때마다 소식을 전하는 대형 스크린도 잠잠했다. 아침 뉴스가 나오기 시작했지만, 미사일에 대한 언급은 없었다. 나는 차 앞을 바쁘게 지나다니는 사람들의 얼굴을 찬찬히 들여다봤다. 그러고는 곧 깨달았다. 그들은 정말로 아무것도 모르고 있었다. 아무 일도 없었다는 듯이 평범한 하루가 시작되고 있었다.

전 세계가 북한이 전쟁을 벌일 가능성에 관해 이야기하고 있었지만, 평양은 듣고 있지 않았다. 우리는 태풍의 눈 속에 서 있었다.

북한의 남자들은 장기를 두며 시간 보내기를 좋아했다. 공원이나 녹지에는 항상 돌로 만든 장기판이 있었고, 여름이면 장기를 두는 사람들과 구경꾼들로 늘 붐볐다.
— 2019년 8월, 평양

일요일에는 장기를 구경하려는 사람들로 더 북적거렸다. 그들은 자신이 좋아하는 기사를 응원하거나, 누가 이길지를 놓고 내기를 걸었다. 어린 학생이 실력을 키우기 위해 나이가 지긋한 고수와 대국하는 모습도 종종 볼 수 있었다. — 2019년, 8월 평양

[다음 페이지] 아직 완공되지 않은 남포의 아파트 발코니를 여성들이 페인트칠하고 있다. 북한에서는 건물이 완공되기도 전에 주민들이 입주하여 생활하는 모습을 자주 볼 수 있었다. 먼지 낀 기둥들 사이에 빨래를 널어놓은 모습이 회색 콘크리트 벽 너머로 보였고, 아직 창문이 설치되지 않아 뻥 뚫려있는 구멍 사이로 흘러나오는 찌개 냄새가 거리를 메우곤 했다. — 2019년 8월, 남포

북한의 일간지 로동신문은 시민들이 언제나 손쉽게 읽을 수 있도록 게시판에 넣어져 시내 곳곳에 비치되었다. 남북 관계가 호전되고, 북미 싱가포르 회담이 성사됐던 2018년에는 평상시보다 더 많은 사람들이 신문 앞에 서 있는 모습을 볼 수 있었다. 좌측으로는 만화책, 포스터, 소설, 공책 등을 파는 가판대가 보인다. 나도 이곳에서 북한 선전물이 그려진 빨간 공책 하나를 겨우 살 수 있었다. 나에게 선택지는 많지 않았다. 가게 주인이 외국인은 북한 지도자의 이름이 쓰인 제품은 살 수 없다고 했기 때문이다.
— 2018년 10월, 남포

남포의 흔한 거리 풍경. 나는 이 길을 걷다가 한 군인이 노파로부터 자전거를 빼앗는 광경을 목격했다. 노파는 소리를 지르며 자전거 핸들을 놓지 않고 버텼지만, 발걸음을 멈춰 그녀를 도와주는 사람은 아무도 없었다. — 2018년 9월, 남포

평양의 거리를 걸을 때마다 나는 이 남자를 볼 수 있었다. 그는 언제나 같은 자리에 앉아 있다가 내가 지나가면 미소를 지으며 고개를 한 번 끄덕이고는, 다시 담배를 피웠다. 거리를 지나는 사람들은 모두 그가 누구인지 아는 것 같았다. — 2019년 8월, 평양 평양의 가장 큰 실내 재래시장인 통일거리시장에서는 남자들이 정기적으로 철물점 주변에 모여 각자 가진 작은 가죽 상자에 남는 나사, 경첩, 연장 등을 모았다. 평양에서는 그 무엇도 낭비되지 않았다. 외국인이 무언가를 버려도, 그 물건은 반드시 누군가에 의해 모든 부품이 재사용되거나 재활용되었다. — 2019년 8월, 평양

평양에서는 차도나 골목을 따라 늘어선 주택들 너머 작은 안뜰이 모든 공동생활의 중심지였다. 어느 여름 오후, 나는 우연히 어느 주택의 안뜰에 들어가게 되었다. 그곳에는 한 자매가 황금색 잉글리시 코카스패니얼 강아지를 데리고 놀고 있었다. 그들은 강아지의 이름은 '양양'이고, 지금 앉는 법을 가르치는 중이라고 했다. 그들은 강아지에게 고기를 먹이면 사람을 물기 때문에 절대 고기를 주면 안 된다고 알려주기도 했다. 바로 그때, 근처 테이블에 앉아 신문을 읽으며 담배를 피우던 남자가 자리에서 일어나 친절한 미소를 지으며, 그러나 단호한 목소리로 나를 뜰 밖으로 나가게 했다. — 2018년 9월, 평양 평양 고려호텔 근처의 한 건물에서 일꾼들이 페인트칠 작업을 하기 위해 삐걱거리는 리프트를 가지고 씨름하고 있다. 몇몇 사람이 소리를 지르며 밧줄을 잡아당기자 리프트가 위로 움직이기 시작했고, 다른 누군가가 그 위로 뛰어올랐다. 얼마 뒤, 이번에는 다른 일꾼 한 명이 크기가 다른 탁자 몇 개를 들고 나타났다. 그는 탁자를 겹겹이 쌓아 올리더니 조심스럽게 그 위에 올라 간판을 세척하기 시작했다. 내가 손짓으로 조심하라고 하자, 그는 고개를 끄덕이고 엄지손가락을 치켜세웠다. — 2018년 8월, 평양

북한의 노인들을 볼 때마다 나는 그들이 살아 온 삶이 궁금해 진다. 그들은 너무나 많은 일을 겪었을 것이다. 전쟁은 어떻게 버텨냈을까? 세계의 중심에 서지 못하고 절뚝거리며 뒤처져 온 북한의 역사에 대해 그들은 어떻게 생각할까? 그 누구도 피해 가지 못한 90년대의 '고난의 행군' 때 가족이나 친구를 잃었을까? 2018년에 그들의 젊은 국가 원수가 남한의 대통령과 서로 포옹하고, 함께 군사분계선을 넘는 모습을 보며 그들은 무슨 생각을 했을까? 어쩌면 살아서 남북이 통일되는 모습을 볼 수 있을지 모른다고 생각했을까? — 2018년 9월, 평양 북한 아파트에서 제일 선호되는 층은 1층이다. 꼭대기 층이 전망은 좋지만 불안정한 전기 공급 때문에 엘리베이터가 멈춰서는 경우가 많기 때문이다. 이럴 경우 주민들은 셀 수 없이 많은 계단을 오르내려야 한다. 낮에는 아파트 내부의 모습이 전혀 보이지 않았지만, 밤이 되어 조명이 켜지면 어둑한 창문 너머로 내부의 모습을 조금 엿볼 수 있었다. 거실은 현란한 무늬의 커튼, 그림, 스탠드 조명으로 꾸며져 있는 곳이 많았고, 집집마다 금박 액자에 넣은 김일성과 김정일의 초상화가 걸려 있었다. — 2018년 10월, 평양

위대한 주체사상

집회

차에서 내리려고 운전석 문을 열자, 집에서는 어렴풋이 들리던 함성과 발 구르는 소리가 이제는 우레 같은 소리로 바뀌어 있었다. 나는 목덜미가 서늘해지는 것을 느끼며 차에서 내렸다.

서둘러 모퉁이를 돌자 거대한 플래카드와 인공기를 든 수백 명의 대학생들이 나타났다. 반짝반짝 광을 낸 학생들의 구두가 깃발의 테두리를 장식한 하얀 술을 거울처럼 비추고 있었다. 남녀 할 것 없이 학생들은 결의에 찬 눈빛으로 군인들이 길게 열을 지어 만든 통로로 행진해 나갔다. 군인들은 결집 장소인 평양 제1백화점 주차장에서부터 광장까지 도열하고 있었다. 백화점 뒤에 있는 확성기에서 울리는 시끄러운 음악에 맞춰 기수들은 완벽하게 타이밍을 지키며 행진했다. 군인들은 흔들리지 않고 앞만 바라보았다.

[왼쪽 상단] 각 지구에서 모인 평양의 주부들이 노래와 춤으로 출근하는 사람들을 응원하고 있다. 이들은 의상을 직접 만들어 입었으며 계절마다 그 디자인이 달라졌다. 사진상 바닥에 놓인 북을 연주하는 경우가 많았던 이 여성들은 군사 행진을 할 때도 자주 등장했다. 이 같은 아침 응원 행사에 주부들이 의무적으로 참여하는 것인지, 아니면 자발적으로 참여하는 것인지는 알 수 없었다. — 2018년 8월, 평양

[왼쪽 하단] 자립성과 자주성을 강조하는 북한 특유의 민족 정치사상인 '주체사상'의 위대함을 표방하는 선전 간판. 나는 낡고 지저분한 이 거리를 지날 때마다 이 간판만 늘 깨끗한 상태로 유지되는 것이 신기했었는데, 지나가는 사람들이 자주 이 앞에 멈춰 서서 간판에 묻은 흙을 털어 내거나, 빗자루로 간판 앞의 땅을 쓸고 있었다.
— 2018년 9월, 평양

나는 백화점에 다다르자마자 광장을 향해 쏟아져 나오는 학생들과 젊은이들 무리에 휩쓸리고 말았다. 그러나 얼마 가지 못해 누군가가 내 앞을 가로막아 더는 앞으로 나아갈 수 없었다. 그래도 약 50m 앞으로 광장의 북쪽 가장자리가 보였다. 수만 명의 사람들이 완벽하게 열을 지어 서서 오른쪽 주먹으로 허공을 찌르며 한 목소리로 구호를 외치고 있었다. 그들의 함성 때문에 몸에서 진동이 느껴졌고, 발을 구르는 소리가 울릴 때마다 숨이 막힐 것 같았다.

군중의 뒤편에 있던 사람들은 어린이용 플라스틱 의자를 끌어와 그 위에 서서 광장 끝에 있는 인민대학습당 쪽으로 시선을 고정한 채, 지직거리는 스피커에서 울려 퍼지는 목소리에 귀를 기울였다. 군 고위 간부와 당 간부들은 거대한 김일성, 김정일 초상화를 가운데 두고 양옆으로 줄지어 앉아 군중들을 마주 보며 함께 구호를 외쳤다. 얼굴이 붉어지도록 힘차게 외치는 사람들도 있었다. 군복에 매달린 훈장이 햇살을 받아 반짝였다.

북한에 온 지 얼마 되지 않은 나는 연사의 말을 이해할 만큼 북한어에 능숙하지 못했기에 이 집회가 2017년 7월 북한의 미사일 시험 발사 이후 유엔 안전보장이사회가 북한에 대한 경제 제재를 결의하자, 이에 항의하기 위해 개최되었다는 사실을 뒤늦게 알게 되었다. 나는 군중들의 얼굴을 바라보며 이 중에 핵무기, 경제 제재, 유엔 등에 진심으로 관심을 두고 있는 사람이 몇 명이나 될지 궁금했다. 이 중에 미국을 진심으로 적국이라고 생각하는 사람은 몇 명이나 될까? 이들이 겪는 위기가 사실은 북한의 지도자가 스스로 야기한 결과임을 의심하는 사람은 단 한 명도 없는 걸까?

바로 그때, 스피커에서 울려 퍼지던 날카로운 목소리가 뚝 끊기고, 군중은 환호하며 박수를 쳤다. 그리고 마치 마라톤의 시작을 알리는 총성이라도 울린 것처럼 군중들이 한꺼번에 광장 밖으로 쏟아져 나오기 시작했다. 나는 인파에 휩쓸리지 않기 위해 지하도 입구 장벽 뒤로 몸을 피했다. 내 앞으로 십대 소녀들이 서로 팔짱을 끼고 머리칼을 쓸어 올리며 울퉁불퉁한 포장도로 위를 경쾌한 발걸음으로 달려갔다. 모자를 치켜 쓴 젊은 남자들은 맥주캔을 들이켜다가 호탕하게 웃었고, 앞의 무리를 따라잡으려고 빠르게 뛰어가던 사람들은 서로를 놀려대며 깔깔거렸다. 서두르느라 신발이 벗겨지는 사람도 있었고, 아이들은 부모의 어깨에 올라탔으며, 커피 가판대 앞에 줄이 길게 늘어섰다. 노인들은 지나가며 나를 향해 미소 지었고, 이십 대로 보이는 젊은이들은 내 구두를 가리키며 소심하게 영어로 말을 걸기도 했다. 자전거를 탄 커플이 맹렬한 속도로 스쳐 지나갔는데, 소년이 열심히 페달을 밟는 동안 소녀는 휴대폰만 열심히 들여다보고 있었다. 이들은 도심으로 행진하려는 성난 군중이 아니라, 조금이라도 빨리 집에 가려고 버스 줄로 걸음을 재촉하는 평범한 사람들이었다.

군중이 완전히 흩어지는 데는 오랜 시간이 걸리지 않았

다. 텅 빈 김일성 광장에 서서 나는 내가 방금 목격한 것이 무엇인지 헤아려보려 애썼다. 한 명의 청소부만 외롭게 남아 빗자루와 기다란 쓰레받기를 들고 콘크리트 바닥을 쓸다가, 죽은 지도자들의 초상화를 멍하니 쳐다보고 있는 나의 다리를 살짝 피해 청소를 계속했다. 아무 일도 없었다는 듯, 정적만이 우리를 감싸고 있었다.

평양에는 특이하게 생긴 건물이 많았는데, 보통강 구역에 있는 이 아이스링크도 그런 건물 중 하나였다. 이 건물 주변에 있는 대형 주차장과 공공장소는 행진이나 집회 때가 다가오면 학생들, 노동자들, 군인들 할 것 없이 모두 리허설 공간으로 자주 활용했다. 군인들은 이곳에서 '연습용' 가짜 무기를 들고 행진을 연습하기도 했다. — 2018년 9월, 평양

[위] 텅 비어 있는 북한의 놀이 공원은 서구 사회가 북한을 희화적이고 단순화된 모습으로 묘사할 때 자주 사용하는 이미지다. 여름이 되면 이런 놀이 공원에서 가족들과 즐거운 시간을 보내는 북한 주민들의 모습을 많이 볼 수 있었지만, 대중이 생각하는 북한의 모습에는 적막한 롤러코스터나 녹슨 회전 목마가 더 잘 어울리는 모양이다. 사진의 놀이 공원이 텅 비어 있는 진짜 이유는 야외 활동을 하기에는 너무 추운 겨울에 북한의 놀이 공원들이 대부분 문을 닫기 때문이다. 여름에는 작업반이나 인민반, 또는 당 위원회 단위로 사전에 예약한 경우에만 놀이 공원을 이용할 수 있었다. — 2019년 1월, 평양

[오른쪽] 북한의 스카이라인에서 단연 눈에 띄는 미완의 건물 류경호텔은 세계에서 가장 높은 빈 건물이다. 남북 관계가 호전되었던 2018년에는 호텔 건물에 조명을 쏘아 펄럭이는 인공기를 보여주거나, 건물 첨탑을 가로지르는 선전문을 보여주기도 했다. 그러나 외국인이 사진을 찍으려고 하면 보안 요원이 발 빠르게 제지하곤 했다.
— 2018년 8월, 평양

사격 연습장

사격 부스에는 두 명의 남자가 있었다. 그들은 카키색 재킷을 벗고, 흰색 조끼 차림으로 담당 여직원이 자신들이 선택한 총기를 가져다주길 기다렸다. 여직원들이 총열을 닦는 모습을 지켜보며 그들은 담배를 피웠다. 테이블 위에는 다양한 총기가 마련되어 있었다. 새 귀마개도 함께 전시되어 있었지만, 착용이 의무인 것 같지는 않았다.

관람석에 앉아 있던 나는 천장에 매달린 세 개의 모니터를 올려다보았다. 화면마다 목표물이 클로즈업되어 있었다. 나는 직원에게 AK-47급 총기로 사격을 하려면 가격이 얼마인지 물었다.

"한 발에 1달러입니다." 직원이 대답했다. 그녀는 AK-47 소총을 들고 있는 두 명의 남자를 가리켰다. 그들은 입에 담배를 문 채 총을 들고 자세를 잡아보고 있었다. 한 명이 몸을 기울여 여직원의 귓가에 뭐라고 속삭이더니, 다시 몸을 일으키면서 그녀의 머리카락 냄새를 맡았다. 여직원은 무표정한 얼굴로 부스 쪽을 가리켰다. 남자들은 각각 자리를 잡고, 약 20m 떨어진 곳에 쌓아놓은 여섯 개의 금속 우리를 겨냥했다. 우리 안에는 앞으로 닥칠 고난을 전혀 모르는 꿩 새끼 몇 마리가 평온하게 지저귀고 있었다.

[왼쪽] 혼잡한 아침 출근 시간에 직장으로 향하는 북한 남성들의 모습.
— 2018년 9월, 평양

어느덧 내가 앉아 있던 관람석 뒷자리에 한 커플이 다가와 앉았다. 그들은 음료와 간식을 들고 화면으로부터 눈을 떼지 못했다. 총알이 발사될 때마다 그들은 환호하고, 소리 지르고, 투덜거렸다. 얼마 지나지 않아 사격을 구경하는 사람들이 한 무리로 늘어났다.

타닥! 갑작스럽고 날카로운 소리가 울려 퍼지며 꿩 한 마리가 다리를 절뚝이기 시작했다. 관중은 그 모습을 바라보며 환호했다. 또 한 번 날카로운 소리가 울려 퍼졌고, 꿩이 큰 소리로 꽥꽥대기 시작하자 구경꾼들은 자리에서 벌떡 일어났다.

몇 번의 사격이 끝난 후, 남자들은 박수 치는 관중을 향해 몸을 돌려 무대인사 하듯 정중하게 허리를 숙였다. 그들이 계산대에서 100달러 지폐로 계산하는 모습을 지켜보고 있는데, 갑자기 한 노인이 나타났다. 그의 손에는 총 맞은 두 마리의 새가 아직 파닥거리고 있었다. 남자들은 관중석에서 나를 발견하고는 손가락으로 가리키며 미소 짓더니 목례를 했다. 그러고는 웃음을 터뜨렸다. 노인은 그들의 의도를 알아차리고는 곧바로 나에게 다가와 들고 있던 꿩을 내밀었다.

그날 저녁, 나는 친구인 형씨 아주머니에게 꿩을 선물로 주었다. "신선한가요?" 그녀가 들뜬 목소리로 물었다. "네, 아주머니. 정말 신선하답니다." 내가 대답했다.

평양의 수많은 빙수 가판대들 중 한 곳. 겨울에는 이곳에서 찐빵과 커피를 팔았다. 요리사들은 지나가는 아이들에게 자주 시식용 음식을 나눠주었는데, 아이들은 그 달콤한 맛에 푹 빠져들곤 했다. — 2018년 9월, 평양

이곳은 북한식 바비큐와 녹두전이 맛있어서 외국인들에게 인기가 좋았던 식당이다. 한번은 친구와 함께 이 식당을 찾았는데, 배경음악으로 영국 드라마 '이스트엔더스(EastEnders)'의 주제가가 흘러나오고 있었다. 이어서 영국 팝 가수 조지 마이클(George Michael)의 히트곡이 연달아 흘러나오기도 했다. — 2018년 8월, 평양 평양의 사격 연습장에서 일하는 젊은 여직원이 빈 맥주병과 살아있는 동물 표적을 향해 총을 쏘는 사람들을 바라보고 있다. 북한의 식당이나 가게, 그리고 사격장 직원들이 거의 모두 젊고 아름다운 여성이라는 점은 특기할 만하다. 나는 북한에서 술 취한 남성이 다른 테이블에 앉아 있는 젊고 예쁜 여성들에게 막무가내로 입 맞추려 하는 모습을 셀 수 없이 많이 봤다. 그럴 때 여성들은 긴장한 듯 웃으며 남성들의 기분을 어느 정도 맞춰 주었다. 달리 할 수 있는 일이 없기 때문이다. 북한 헌법에는 여성을 존중한다고 명시되어 있지만, 내가 목격한 바에 의하면 그러한 법은 잘 준수되고 있지 않았다.
— 2018년 8월, 평양

[오른쪽] 가이드를 동행하고 평양의 식품 공장을 견학했을 때였다. 외국인 관광객들은 식당 안으로 안내되어 공장에서 만든 빵과 과자를 대접받았다. 평양에서는 경기가 좋을 때도 품질 좋은 빵은 찾아보기 힘들었기 때문에 외국인들은 북한에서 드디어 먹을 만한 빵을 찾았다며 기뻐했다. 그런데 견학이 끝나고 몇 주 지나 다시 그 공장에서 운영하는 상점을 찾아가 보니, 어떤 점원이 이 공장에서는 그런 빵을 만든 적이 없다며 완강히 부인했다. 외국인들은 크게 실망했다. — 2017년 12월, 평양

식당

나는 원형으로 된 큰 아파트 건물 맨 아래층에 있는 식당 앞에 서 있었다. 입구로 향하는 계단을 올라 무거운 플라스틱 커튼을 밀어젖히니 왠지 모를 긴장감이 느껴졌다. 입구에 놓인 유리 냉장고에는 중국 상표가 붙은 크림, 버터, 치즈 등이 진열되어 있었고, 냉장고 외부는 두꺼운 자전거 체인으로 단단히 잠겨 있었다. 냉장고 위에는 한글로 된 경고문이 빨간 글씨로 적혀 있었는데, 밑줄을 친 것도 모자라 느낌표가 세 개나 찍혀 있었다.

무거운 나무문을 밀고 들어가자 알록달록한 꼬마전구로 장식한 거대한 진열장이 나타났다. 진열장 안에는 수입 과자 상자, 한 병에 100달러가 넘는 헤네시 코냑과 조니 워커 위스키, 그리고 동물 모양의 도자기 장식품 등이 전시되어 있었다. 안으로부터 사람들이 웃는 소리와 유리잔이 부딪치는 소리가 들려왔고, 담배 연

[왼쪽 상단] 평양의 고려호텔에서 여성 바텐더가 유리잔을 닦고 있다. 북한의 레스토랑이나 바는 진열장에 헤네시, 조니 워커, 시바스 리갈 같은 고급 양주병을 전시해 둔 경우가 많았다. — 2019년 8월, 평양

[왼쪽 하단] 평양역에서 가까운 곳에 있는 이 식당은 북한 복권을 파는 여러 상점들 중 하나이기도 했다. 북한 친구의 말에 따르면 가정용품이나 세탁기, 냉장고 같은 가전제품이 상품으로 나온다고 했다. 외국인은 복권을 살 수 없었다.
— 2018년 12월, 평양

기와 고기 굽는 냄새가 실내를 가득 메우고 있었다. 길고 윤기 나는 안내 데스크 위에는 손글씨로 적은 주문서와, '아기 곰 푸우' 스티커가 잔뜩 붙은 파란색 계산기가 놓여 있었다. 나는 그 앞에 서서 종업원이 오기를 초조하게 기다렸다.

그때 부엌문이 빼꼼히 열리더니 앳된 여성의 얼굴이 나타났다. 그녀는 나를 보자마자 눈을 크게 뜨고는 놀란 숨을 들이마시며 얼른 부엌문을 닫았다. 안에서 그녀의 목소리가 들려왔다. "한 동지!" 그녀는 계속해서 한 동지를 불렀다. 외국인이 나타났기 때문이었다.

얼마 지나지 않아 다시 부엌문이 열리더니 이번에는 좀 더 나이 든 여성이 나타났다. 그녀는 나를 향해 걸어오더니 정중한 미소를 지으며 옆 식당으로 가볼 것을 권했다. 나는 이곳에서 식사하고 싶다고 손짓으로 말했지만, 그녀는 내 말을 들어 줄 생각이 전혀 없어 보였다. 그녀는 자신이 한 말을 다시 반복하고는 나를 밖으로 안내했다. 그러고는 문을 닫아 잠가버렸다.

나는 할 수 없이 옆 식당으로 향했다. 입구에 간판도 없는 이상한 곳이었다. 의구심을 억누르고 문을 열자 어둡고 텅 빈 복도가 나타났다. 나는 휴대폰을 꺼내 불빛을 켜고 먼지가 짙게 깔린 회색 계단을 걸어 올라갔다. 계단 꼭대기에 이르자 좀벌레가 갉아 먹어 구멍이 숭숭 난 일본식 미닫이문이 나타났다. 문밖으로 담배 연기 냄새가 새어 나왔다. 나는 잠시 망설이다 문을 열었다.

그곳은 이 건물의 2층이었는데, 한 층 전체가 식당 창문으로 둘러싸여 있었다. 테이블마다 카키색 바지를 입은 남자들이 소주와 위스키 잔을 부딪치며 웃고 떠들고 있었다. 의자와 바닥에는 카키색 셔츠가 아무렇게나 널브러져 있었다. 신발을 벗어 던져서 구멍 난 낡은 양말 사이로 발가락이 보이는 사람도 있었다. 가까운 테이블에서는 다섯 명의 남자가 위스키를 마시고 있었는데, 벌써 두 병째인 것 같았다. 테이블마다 음식 접시가 잔뜩 놓여 있어서 맥주잔을 놓을 자리가 없을 정도였다. 스마트한 정장 바지 차림의 젊은 여성들이 반짝이는 힐을 신고 호스티스 모자를 쓴 채 시중을 들었다. 남자들은 탐욕스러운 눈초리로 여자들을 훑어 보았고, 몇몇은 그녀들이 곁을 지날 때마다 손을 뻗어 붙잡으려 했다. 여성들은 깜짝 놀라 비명을 지르면서도 하던 일을 계속했다. 현란한 조화로 둘러싸인 작은 무대 위에서는 얼룩진 흰색 조끼 차림의 군인이 카키색 모자를 벗지도 않은 채 한 손에는 마이크를, 다른 한 손에는 위스키 잔을 들고 술에 취해 노래를 부르고 있었다.

바로 그때, 작고 동그란 돋보기 안경을 쓴 백발의 노부인이 나타났다. 그녀는 인상을 쓰더니 나를 향해 돌진하면서 나가라는 듯이 두 팔을 흔들었다. 그녀가 너무 가까이 다가와서 나는 본능적으로 뒷걸음질 쳤다. “클로즈드(Closed)!” 그녀는 영어로 몇 번이나 반복해서 외쳤다. 그러나 식당은 분명 열려 있었다. 지금 영업 중인 모습이 뻔히 보이는데 왜 그녀는 내게 거짓말을 하는 걸까? 나는 미소를 지으며 상황을 설명하려 했지만, 그녀는 계속해서 소리를 질렀다. "클로즈드! 클로즈드! 클로즈드!"

상황 파악이 채 되기도 전에 미닫이문은 굳게 닫혀버렸다. 혹시라도 문이 다시 열릴까 봐 지키고 서 있는 노부인의 그림자가 미닫이문 반대편으로 어렴풋이 보였다. 나는 창피함을 느끼며 발걸음을 돌렸다.

단지 외국인이라는 이유만으로 입장을 거절당한 것은 그때가 처음이었다. 나를 따듯하게 대해 준 북한 사람들도 많았지만, 나는 언제나 이 나라에서 환영받지 못하는 존재라고 느꼈다. 북한 주민들이 나의 접근을 불편해 하는 이유는 이해할 수 있었다. 외국인과 어울리다가 혹여나 말실수라도 한다면, 감시하는 누군가로부터 어떤 대가를 치르게 될지 알 수 없었기 때문이다. 나는 북한에 가면, 그곳에는 엄격한 규칙과 허용 범위에 대한 분명한 기준이 있을 것이라고 생각했었다. 그러나 막상 북한에 와보니, 규칙들은 대부분 불분명하거나 예측 불가능했다. 나는 북한에서 나에게 무엇이 허용되고, 허용되지 않는지를 늘 고민하며 심리전을 벌여야 했고, 그것은 나를 금세 지치게 했다.

평양에 있는 안산 스시 레스토랑은 초밥이나 라멘 등을 파는 일식당이다. 평양에는 이런 일식당이 꽤 많이 있었다. 일본 음식과 제품이 평양의 엘리트들 사이에서 매우 인기 있었기 때문이다. 북한 친구들은 중국 제품은 질 낮은 싸구려라고 쉽게 비하하는 반면, 일본 제품은 품질이 좋다며 칭찬을 늘어놓곤 했다. — 2019년 8월, 평양

평양에는 이탈리아 음식을 파는 레스토랑이 몇 군데 있었다. 사진 속의 식당도 그중 하나였다. 이런 식당들은 대부분 폭넓은 칵테일 메뉴를 갖추고 있고, 특이한 칠판이나 빈티지 가구 등으로 내부를 장식해 놓았다. 이 레스토랑은 현지인과 관광객 모두에게 큰 인기를 누렸는데, 많은 식당에서 그러하듯이 여종업원들이 노래와 춤이 가미된 공연을 하는 곳이었다. 공연 레퍼토리에는 고전 디즈니 영화 음악이나, '마이 하트 윌 고 온(My Heart Will Go On)' 같은 팝 발라드도 포함되어 있었다. — 2019년 8월, 평양

두부는 북한 주민이 즐겨 먹는 먹거리다. 통일거리시장에서는 두부 한 모가 1,000원(당시 기준으로 10센트 미만) 정도에 팔렸다. 고추장으로 양념한 두부 부침은 지글거리는 뜨거운 접시에 담겨 날개 돋친 듯 팔렸다. — 2017년 8월, 평양

무더운 여름 오후, 한 남성이 남포의 거리를 건너고 있다. 이 거리를 따라 걷던 나는 완장을 두른 군인들이 행인들을 멈춰 세우고 신분증을 확인하는 모습을 목격했다. 말끔한 옷차림의 한 북한 남성이 곤혹스러운 표정으로 서성거리며 자신의 신분증을 살펴보는 군인을 향해 뭐라고 크게 소리치고 있었다. 그는 계속해서 자신의 검고 굵은 머리카락을 쥐어뜯으며 어쩔 줄 몰라 했다. 군인이 휴대폰을 꺼내 귀에 가져다 대자, 남성은 초조하게 원을 그리며 제자리걸음을 하다가 두 손을 비볐다. 북한은 이보다 더한 일도 부지기수로 일어나는 곳이지만, 그럼에도 불구하고 이 장면은 내 마음을 매우 불안하게 만들었다. — 2018년 9월, 남포

평양의 빈민가에는 아직도 이런 외딴 건물 식당이 많이 있었다. 안에는 테이블 몇 개와 의자 몇 개만 겨우 놓인 경우가 대부분이었다. 번화한 평양 시내에 있는 아파트 건물에 새로 들어선 레스토랑들은 외국인을 상대하는 일에 익숙했지만, 이런 작은 식당들은 그렇지 못했다. 우리가 들어가면 식당 주인은 무척 놀란 표정으로 우리를 맞이하곤 했다.
— 2019년 8월, 평양

겨울이 되면 뜨겁고 달콤한 커피나 찐빵을 사려는 사람들이 가판대 앞에 길게 줄을 섰다. 2019년 여름에는 음식 대신 DVD를 파는 가판대가 눈에 많이 띄었다. 이런 가게에서는 북한, 중국, 러시아 영화가 한 장에 5,000원(당시 기준으로 약 40센트)에 팔렸다.
— 2018년 12월, 평양

겨울의 평양은 도시 전체가 폐쇄되는 느낌이었다. 부유한 주민들은 모피가 달린 모자와 두꺼운 겨울 코트를 꺼내 입었지만, 대부분의 사람들은 얇은 재킷과 천 운동화로 추위를 견뎌야 했다. — 2019년 1월, 평양

발표

"북한이 이른 아침 또 한 번의 미사일 발사를 감행한 것으로 보입니다. 전문가들은 이 미사일이 미국 본토까지 도달할 수 있는 성능을 가진 것으로 판단하고 있습니다."

북한은 결국 또 한 번 미사일을 발사했다. 뉴스는 북한의 미사일 발사 소식을 전하며, 로켓이 하늘을 향해 굉음을 내며 솟아오르는 모습을 보여주다가, 화면을 바꾸어 김정은이 부하들의 박수를 받는 장면을 보여 주었다.

북한의 겨울은 원래 핵 프로그램의 가동도 조금 잠잠해지는 시기였다. 그래서 별다른 긴장의 고조 없이 몇 주가 흐르던 참이었다. 마치 누군가가 일시 정지 버튼을 누른 것처럼 북한 주민들도, 외국인들도 평온한 일상을 보내고 있었다. 그러나 평화가 오래 가지 않으리라는 것을 우리는 진작 예상했어야 했다. 나는 이 평온한 분위기에 대해 그전부터 의구심을 가지고 있었지만 북한이 이렇게 빨리 미사일 시험 발사를 다시 감행할 줄은 꿈에도 생각하지 못했다.

아침 내내 아파트에 틀어박혀 뉴스를 보면서 점점 더 많은 정보를 알게 됐다. 북한은 새벽 3시에 화성-15형 대륙간 탄도미

[왼쪽] 북한의 앵커 리춘히가 평양역 대형 스크린 앞에 모인 군중을 향해 화성-15형 미사일의 발사 성공 소식을 전하고 있다. — 2017년 11월, 평양

사일을 발사했다. 북한은 이 미사일에 핵탄두를 탑재할 수 있는 기술을 보유했을 뿐 아니라, 미국 본토도 이 미사일의 사정거리 안에 들어온다고 주장하고 있었다.

이것은 앞으로의 판세를 뒤바꿔 놓을 만한 중요한 사건이었다. 북한은 핵폭탄 실험에 성공했을 뿐만 아니라, 그들의 주장에 따르면 자신들이 최대의 적으로 여기는 나라를 향해 핵을 쏠 수 있는 수단도 갖게 된 것이었다.

나는 이 소식을 들은 북한 주민들의 반응이 궁금했다. 그들도 긴장이 계속 고조되는 이 상황이 반갑지만은 않지 않을까? 나는 긴급 대피해야 할 상황에 대비해서 꾸려놓은 짐 쪽으로 시선을 돌렸다. 때가 다가오고 있는 것일까?

나는 그날 오후, 미사일 시험 발사 소식을 아직 접하지 못한 사람들을 위해 북한 국영방송이 공식 발표하리라는 사실을 알고 있었다. 나는 그 소식이 북한 주민들에게 전해지는 순간을 직접 목격하고 싶었다.

방송 시간을 몇 시간 남겨두고, 나는 평양 시내 골든 레인 볼링장Golden Lanes Bowling Alley 옆의 작은 카페로 향했다. 그리고 창가에 앉아 지나가는 사람들을 바라봤다. 그날 오전의 평양은 여느 때와 다를 바 없어 보였다. 전에도 그랬듯 서구, 일본, 한국이 야단법석을 피우는 동안 태풍의 눈은 고요했다. 이렇게까지 비밀이 유지된다는 사실이 나는 너무나 놀라웠다. 영국이었다면 사건 발생 직후

부터 속보 알림 메시지가 휴대폰에서 끊임없이 울려댔을 것이다. 그러나 이곳은 너무나 고요했다. 북한 주민들은 정말 아무것도 모르는 것 같았다.

오후 12시 30분이 다가오자 나는 자리에서 일어나 기차역의 대형 화면 앞으로 향했다. 북한의 유명 앵커 리춘히가 미사일 발사 소식을 발표하는 것을 듣기 위해서였다. 그녀는 화면 앞에 드문드문 모인 사람들을 향해 희번덕거리는 미소를 지으며 북한이 미 본토까지 타격할 수 있는 미사일을 성공적으로 시험 발사했다는 소식을 알렸다. 그녀의 광적인 목소리가 도심 곳곳으로 퍼져나갔다. 사람들의 반응은 엇갈렸다. 시큰둥하게 자리를 뜨는 사람들이 있는가 하면, 박수 치며 환호하는 사람들도 있었다. 그러나 큰 행사가 열릴 때마다 국영방송에 등장하는 주민들처럼 눈물범벅이 되어 인공기를 흔드는 사람은 아무도 없었다. 그보다는 골프장에서 좋은 샷이 나왔을 때 하는 환호에 더 가까웠다.

그런데 얼마 지나지 않아 어디에선가 우레와 같은 함성이 들려오기 시작했다. 질서정연하게 열을 맞춰 명령에 따라 꽃을 흔들고, 박수를 치며 울부짖는 백여 명의 사람들이 나타났다. 조선중앙통신에서 나온 여러 대의 카메라가 그 모습을 촬영했고, 메가폰을 잡은 감독이 군중을 향해 지시를 내렸다. 사람들은 그의 명령에 따라 좌우로 움직이기도 하고, 발을 구르거나 팔을 크게 흔들며 펄쩍펄쩍 뛰기도 했다. 맞은편 길에서 할머니의 손을 잡고 걸던 한 아이가 이들의 모습을 보고는 똑같이 따라했다. 할머니는 웃음을 터뜨리더니 아이가 가던 길을 계속 가도록 살짝 이끌었다.

공식 발표가 끝나자 카메라맨들은 미니밴에 뛰어올라 순식간에 사라졌다. 동원되었던 군중도 흩어졌고, 대형 화면에는 이전에 상영하던 영화가 다시 나오고 있었다. 마치 처음부터 아무 일도 없었던 것 같았다.

이렇게 동원된 군중의 모습이 전 세계가 공식 영상을 통해 보게 될 북한의 모습이었다. 러시아의 국영통신사 타스(TASS)나 중국의 중앙텔레비전(CCTV)을 제외하면 평양에 상주하는 외신 기자는 거의 없었다. 그러므로 북한의 미사일 실험 발사 소식에 대한 북한 주민의 반응은 사전에 조작되고 편집될 가능성이 크다. 반면 북한의 노동자, 회사원, 상인, 주부와 같은 진짜 주민들의 반응은 외부 세계가 볼 수 없는 복합적인 것이었다. 북한 매체도, 서구의 매체도, 각기 다른 방식으로 왜곡된 현실을 퍼뜨리게 될 것이다. 그리고 사전에 조작된 유치한 몇 초짜리 영상을 보면서 복잡하고 중대한 결론을 도출하려 할 것이다.

미사일 시험 발사 성공 발표 후, 북한의 국영방송 카메라 앞에서 한 무리의 사람들이 지시에 따라 환호하며 뛰어오르는 모습이 사진 뒤편으로 보인다. — 2017년 11월, 평양

주체사상탑 위에서 본 전경. 고층빌딩 사이로 평양 동부의 빈민가가 보인다.
— 2017년 11월, 평양

[다음 페이지] 겨울에 강이 얼어붙으면 도시의 보행자, 그리고 자전거나 오토바이를 타고 이동하는 사람들에게 유용한 지름길이 형성된다. 사진 속 한 무리의 남자들은 낚시를 하려고 얼음을 깨는 중이다. — 2019년 1월, 평양

겨울의 혹독한 추위 속에서 한 남성이 길을 건너고 있다. 사람들은 여름에도, 겨울에도, 길가에 앉아 버스를 기다리며 '경애하는 지도자'의 말씀이 적힌 글을 읽었다. 밤에는 가로등 빛 아래서 글을 읽는 사람도 있었다. — 2018년 12월, 평양

열병식 준비 기간에는 김일성 광장과 연결된 지하도 안에 탱크와 군사장비의 하중을 지지해 줄 받침틀과 지지대가 설치된다. 그 외에도 지하도는 여름 더위나 겨울 추위를 피해 아이들이 축구를 즐길 수 있는 최적의 장소이기도 했다. — 2019년 1월, 평양 북한 여성들이 시장에서 장을 보고 귀가하고 있다. 여름보다 냉동육이나 생선의 보관이 쉬운 겨울은 통일거리시장에서 물건을 파는 사람에게나, 사는 사람에게나 더 괜찮은 시기였다. 시장은 포대자루 내려 놓는 소리와 흥정하는 소리, 수다 떠는 소리 등으로 언제나 시끄러웠고, 서로 좋은 물건을 차지하려고 밀고 밀치는 사람들로 북새통을 이뤘다. 시장의 공기에서는 삶은 오리 냄새와 생고기 냄새, 산딸기 냄새, 그리고 세제 냄새가 강하게 났다. 상인들은 모두 똑같은 푸른색 겉옷을 걸친 중년 여성들이었는데, 악착같이 물건을 팔다가도 서로 큰 소리로 농담을 주고받기도 하고, 약을 올리기도 하고, 손님과 수다를 떨기도 하면서 즐겁게 일하는 모습이 무척 인상적이었다. 그곳에 가면 어린 시절 할머니가 나를 자주 데려가던 스코틀랜드의 글래스고(Glasgow) 시장이 생각나곤 했다.
— 2019년 1월, 평양

추운 겨울날, 한 무리의 사람들이 전차를 기다리고 있다. 겨울이 되면 북한 여성들은 겨울용 옷과 아이템들로 멋을 냈고 자녀들도 그렇게 꾸며 입혔다. 도심 곳곳에서 모자와 장갑, 푹신한 부츠와 재킷을 입은 어린아이들의 모습이 보였다. 한 북한 친구는 딸이 겨울옷을 너무 좋아해서 생일만 되면 새로운 겨울 아이템을 사달라고 조른다고 했다.
— 2019년 1월, 평양

평양의 강들은 겨울이 되면 얼어붙어 배가 강둑에 갇히게 된다. — 2019년 1월, 평양

공원에서 어린 소년이 플라스틱 봉지에 인공기를 그려 만든 연을 날리고 있다. 아이들은 여름에는 종이배나 비행기를 만들어 놀았다. 공원 연못에서 종이배 경주를 하며 웃고 떠드는 아이들의 모습을 자주 볼 수 있었다. — 2019년 1월, 평양 겨울이 되면 혹독한 추위를 견디기 위해 패딩 점퍼와 바지를 입은 사람들이 많았다.
— 2018년 12월, 평양

주체조선의
무진막강한힘

열병식

살이 에이도록 추운 아침이었다. 새벽 5시에 일어난 나는 친구와 함께 6시까지 시내로 나갈 계획이었다. 열병식이 정확히 몇 시부터 시작하는지, 그리고 어디로 가야 볼 수 있는지 알지는 못했지만, 최대한 이른 시간에 나가면 도로가 봉쇄되기 전에 평양 시내에 도착할 수 있을 것 같았다.

밖으로 나오자마자 맹렬한 추위 때문에 발이 얼어붙는 것 같았다. 거리 곳곳에 인공기와 장식용 깃발이 걸려 있었고, 상점 창문마다 형형색색의 풍선이 걸려 있었다. 전차 전선을 걸쳐 둘 나무 기둥도 며칠 전에 설치를 마친 상태였다. 지하도 안에도 비슷한 모양의 나무 기둥이 설치되어 천장을 지지하고 있었다. 이번 열병식에는 아주 무거운 대형 차량들의 이동이 계획된 것이 틀림없었다. 도로는 봉쇄되었지만, 아직 구경꾼들은 보이지 않았다. 우리는 광장을 향해 계속해서 발걸음을 옮겼다. 바로 그때, 수백 명의 사람이 모여 있는 다리가 보였다. 갈색이나 남색 코트 차림에 모피 모자를 쓴 남자들 사이에서 한복을 입은 여자들의 모습은 눈에 잘 띄었다. 그들은 작은 무리를 지어 길가에 피워놓은 불 주변

[왼쪽] 조선인민군 창건 70주년을 기념하는 열병식을 보기 위해 군중이 모여들고 있다. 북한은 보통 4월에 조선인민군 창건 기념 군사 퍼레이드를 했지만, 2018년에는 평창올림픽과 시기를 맞추기 위해 2월에 열병식을 가졌다. — 2018년 2월, 평양

에 웅크리고 앉아 몸을 녹이고 있었다. 우리는 그들이 모여 있는 다리를 건너보기로 했다. 어차피 잃은 건 없었다. 외국인을 쫓아낸다면 다른 데로 가면 될 일이었다. 그러나 우리가 군중 사이를 지나 다리를 다 건널 때까지 앞을 막아서거나 출입을 제지하는 경비나 경찰은 단 한 명도 없었다. 다리 반대편에 도착하자, 이번에는 무장 군인들이 열을 지어 포장도로를 막아서고 있었다. 손에는 장전한 소총을 들고 있었다. 금방이라도 그들이 우리를 제지할 것 같았지만 아무 일도 일어나지 않았다. 아무도 우리를 막아서거나, 신경 쓰지 않았다. 군인들은 오히려 우리가 지나갈 수 있도록 옆으로 비켜서 주었을 뿐이었다. 안도의 한숨을 내쉬려던 나는 바로 그때 눈앞에 나타난 광경 때문에 탄성을 내지르고 말았다.

거대한 로켓 여러 개가 두꺼운 카키색 덮개와 함께 트럭에 탑재되어 있었다. 그 뒤에는 위협적인 포병부대, 로켓 발사대, 각종 무기들, 트럭, 탱크의 행렬이 만수대 언덕을 넘어 1km 떨어진 천리마 동상까지 이어지고 있었다. 그 행렬은 아마도 개선문을 지나 모란봉공원 북쪽 끝자락까지 계속되며 북한의 리더에게 직접 선 보일 참인 것 같았다. 나중에 알게 된 사실이지만 우리가 서 있던 곳에서 그리 멀지 않은 곳에 그때까지도 전 세계 언론의 머리기사를 장식하던 북한의 화성형 ICBM이 있었다. 우리 앞에는 군악대원들이 얼어붙을 것 같은 추위 속에서 악기를 든 채 몸을 풀고 있었다. 나를 향해 호기심 어린 시선을 던지는 대원들도 있었지만,

대부분은 얼어붙은 손가락이 더 신경 쓰이는 것 같았다. 우리는 텅 빈 포장도로 옆에 있는 식당 출입구에 서서 추위를 피하기로 했다. 어디선가 호른과 트롬본이 삑삑거리는 소리가 들려왔다. 친구는 주머니에 손을 넣더니 은색 휴대용 술통을 꺼내 나에게 내밀었다. 나는 속을 따듯하게 할 요량으로 술을 한 모금 들이켰다. 추운 나라들에서 왜 술을 그렇게 즐기는지 그제야 이해할 수 있을 것 같았다. 추위를 떨쳐버리려고 제자리걸음을 하는 군인들과 군악대원들을 바라보며, 나도 오전 내내 그렇게 식당 출입구에서 버틸 마음의 준비를 했다. 그런데 얼마 지나지 않아 모피 코트를 입은 몸집이 큰 남자가 식당 문을 열고 밖으로 나왔다. 허리띠를 고쳐 매는 그의 입에는 으레 그렇듯 담배가 물려 있었고, 온몸에서 술 냄새가 났다. 그는 우리를 발견하고는 미소 지으며 좋은 아침이라고 인사한 후, 곧 자리를 떴다. 나는 그때까지도 아무도 우리를 강 건너로 쫓아내지 않았다는 사실이 신기했다. 이제 몇 시간만 더 버티면 우리는 세상에서 가장 호화로운 군사력 과시의 현장을 보게 될 터였다. 아마도 몇 시간이나 일찍 나와 하릴없이 열병식을 기다리는 외국인에 대한 지침은 아직 내려오지 않은 모양이었다.

10분에서 15분 정도의 시간이 지나자, 인민보안원 한 명이 우리에게 다가왔다. 그는 발목까지 내려오는 말쑥한 짙은 녹색 코트를 입고 있었다. 목에는 코트와 어울리는 짙은 녹색 모피 칼라가 달려 있었고 머리에는 빨간 별이 달린 모피 모자를 쓰고 있었다. 우리를 향해 저벅저벅 걸어오는 그의 군화 소리를 들으면서도 위스키 때문인지 나는 놀라우리만큼 침착했다. 우리 앞에 멈춰 선 그는 미소 지으며 고개를 살짝 숙여 인사했다. 내가 손에 들고 있던 술통을 내밀며 권하자 그는 웃으며 두 손을 들어 정중하게 거절했다. 그는 약간 거칠면서도 차분한 목소리로 말했는데, 그의 말을 완전히 알아듣지는 못했지만 우리가 이곳에 너무 오래 머물렀다는 사실은 분명히 알 수 있었다. 그는 앞에 보이는 무기 행렬을 한번 가리킨 후, 마치 말썽 피우는 어린애들을 야단치는 것처럼 우리를 향해 검지손가락을 좌우로 흔들어 보였다. 그러고는 우리를 데리고 건물 모퉁이를 돌아 식당 안뜰을 지난 후, 아까 건너온 다리로 안내했다. 우리는 여전히 수백 명의 북한 주민들이 줄지어 앉아있는 다리를 다시 건너기 시작했다. 나는 누군가가 우리를 따라오는 것을 느끼고 뒤를 돌아보았다. 정장 위에 두툼한 카키색 누빔 재킷을 입은 남자가 우리 뒤를 바짝 좇고 있었다. 다리를 반쯤 건너자 그는 차츰 우리로부터 멀어졌다. 나는 아쉬운 마음에 한 번 더 강 쪽으로 몸을 돌려 열병식 모습을 눈에 담으려 했다. 그러자 감시자가 다시 우리를 바짝 좇아왔다. 그날의 우리 모험은 그걸로 끝이었다.

김일성 광장에서 출발해서 시내를 가로질러 행진하는 열병식을 보기 위해 사람들이 매서운 추위에도 불구하고 동대원 거리에 모여 있다. 열병식이 시작되면 외국인들의 휴대전화기가 먹통이 되기도 했다. 사라진 신호는 저녁이 되어서야 다시 나타났다.
— 2018년 2월, 평양

많은 북한 학생들이 외국인을 보면 영어로 대화해 보고 싶어 했다. 이날 옥류대교에서 만난 한 학생도 나에게 영어로 말을 걸어왔다. 학생은 날씨가 추워서 힘들기는 해도 오후 수업을 빠질 수 있어서 너무 좋다고 했다. — 2018년 2월, 평양 김일성과 김정일의 거대한 사진이 걸린 리무진을 선두로 열병식이 시작되자 군중은 박수와 환호를 보냈다. 많은 사람들이 인공기를 흔들며 북한의 리더들에게 감사의 마음을 표현했다. —2018년 2월, 평양

평양의 외국인들은 북한의 군사력에 대해 각기 다른 의견을 가지고 있었다. 누군가는 북한군은 완전 실패작이라고 했고, 누군가는 북한이 비밀리에 더 개량되고 효과적인 재래식 무기를 보유하고 있다고 했다. 이런 군사 퍼레이드는 북한군의 무기 보유 현황을 확인해 볼 수 있는 좋은 기회였다. 물론 탄도 미사일을 가까이에서 촬영하는 것은 불가능에 가까웠다. — 2018년 2월, 평양

한 군악대원이 환호하는 군중을 향해 호른을 들어 보이고 있다. 매일 힘들고 고된 훈련과 노동을 하며 일상을 보내는 군인들에게 열병식은 영웅이 되는 날이었다. 세대를 막론하고 모든 이들의 존경을 받는 날이자, 자신이 조국의 미래에 진정으로 기여하고 있다고 느낄 수 있는 날이기 때문이다. 조선인민군 창건일을 기념하는 이런 군사 퍼레이드의 선전력은 결코 부인할 수 없었다. 주민들은 진심으로 이날을 기뻐하고 자랑스럽게 생각하며 서로 축하하고 있었다. 힘든 삶을 살아가는 사람들이 많기에 이런 날에도 북한 주민들은 기쁨이나 자부심을 느끼지 않을 거라고 생각하면 오산이다. 그들은 진심으로 기뻐하고 있는 듯 보였다. 북한은 모든 게 비밀스럽고 불명확한 곳으로 느껴질 때가 많았지만, 이날만큼은 그렇지 않았다. — 2018년 2월, 평양

핵 프로그램이 북한을 군사강국으로 만들어 줄 초석이라고 선전하는 표지판. 열병식 이후 며칠 만에 평창동계올림픽이 개막되자 이런 선전물이 도심에서 점점 사라졌다. 대신 북한의 경제 발전과 미래 세대의 희망을 염원하는 구호가 그 자리를 차지했다.
— 2018년 2월, 평양

열병식을 구경하던 수많은 인파가 한꺼번에 흩어지면서 버스와 전차 정류장 앞에 긴 줄이 만들어졌다. 사진 속의 소녀들은 귀가하면서 여러 번 발걸음을 멈추고 셀카를 찍었다.
— 2018년 2월, 평양

선전문이 그려진 표지판을 든 대학생들이 자신들을 학교로 다시 데려다 줄 전용 버스로 향하고 있다. 북한에서는 행사가 있는 날이면 학생들, 작업반, 부녀 단체들이 이런 버스를 타고 행사 장소로 이동했다. 버스를 타기 전까지 순서대로 앉아 대기하는 사람들의 모습도 자주 볼 수 있었다. — 2018년 2월, 평양

신속하게 거리를 치우는 청소부들의 모습. 전선을 걸어두었던 기둥도 재빠르게 치워졌다. 열병식이 끝난 지 한 시간도 지나지 않아 평양의 거리는 마치 아무 일도 없었던 것처럼 평상시의 모습으로 돌아와 있었다. — 2018년 2월, 평양

9. 역주) The Wire: 2002년부터 2008년까지 방영한 미국 드라마. 볼티모어의 경찰과 마약 갱단의 대결을 중심으로 한 수사물적 성격이 두드러지는 작품.

기차에서 있었던 일

창밖은 칠흑처럼 어두웠고, 가끔 저 멀리 민가나 공장에서 흘러나오는 불빛밖에 보이지 않았다. 중국에 도착하려면 아직도 12시간을 더 가야 했다. 라면과 맥주로 배를 채운 나는 무료함을 달래기 위해 랩탑을 열고 '더 와이어'[9]를 틀었다.

그런데 첫 장면이 나오기도 전에 누군가 내 객실의 문을 두드렸다. 문이 스르륵 열리더니 쾌활한 얼굴의 차장이 나타났다. 색이 바랜 흰색 조끼를 입은 그에게서 담배, 소주, 그리고 펠트 펜 냄새가 강하게 났다. 그는 나에게 인사를 한 후, 내가 앉아있는 침대로 거침없이 다가와 앉았다. 그가 입을 떼길 기다리는 몇 초가 몇 시간처럼 느껴졌다. 그는 내 팔을 살짝 두드리더니 온화한 미소를 지으며 나에게 악수를 청했다. 그는 자신이 이름이 '박'이라고 소개했다. 나도 내 이름을 알려주었고, 우리는 서로를 향해 고개 숙여 인사했다.

[왼쪽 상단] 외국인은 북한인과 동행하지 않고는 평양역의 정문으로 출입할 수 없었고, 대신 작은 옆문을 이용해야 했다. 이 문으로 들어가면 작은 방이 나왔는데, 그곳에서 푸른 제복을 입은 여성이 신분증을 확인했다. 승강장까지 안내를 받기 위해서는 1유로의 요금을 내야 했다. — 2017년 12월, 평양

[왼쪽 하단] 텅 빈 기차역의 얼어붙은 승강장에 어떤 군인이 홀로 서 있다.
— 2017년 12월, 평안북도

박은 자신의 나이는 마흔다섯이고, 딸 둘은 평양에 살고 있다고 했다. 그는 대학에서 영어를 배우긴 했지만, 너무 오래전이라 지금은 잘하지 못한다고 했다. 내가 영국인이라고 밝히자 그의 표정이 밝아지더니 비틀즈의 '헤이 쥬드'를 부르기 시작했다. 그는 모음을 길게 발음하는 북한 특유의 억양으로 노래를 불렀다. 우리는 함께 후렴구를 합창한 후 킥킥대며 웃었다.

박은 내 랩탑을 가리키며 무슨 영화를 보는지 물었다. 나는 '더 와이어'라는 제목의 미국 드라마라고 설명하려다가 말을 멈췄다. 도대체 어떻게 설명해야 할까? 나의 북한어 실력은 길을 물어보는 정도까지는 가능했지만, 볼티모어의 마약갱단에 대한 스토리를 표현하기에는 한계가 있었다. 그래서 나는 자리에서 일어나 말 대신 손짓 발짓으로 표현하기 시작했다.

내가 손으로 총 모양을 만들어 보이자 박도 곧바로 자리에서 일어나 엄지로 방아쇠를 당기는 시늉을 하며 입으로 총소리를 냈다. "아, 미국의 경찰이군요. 정말 나빠요. 미국 경찰은 미국 사람들한테 정말 못되게 군다니까요."

나는 미국 경찰의 악행이 북한 뉴스에 자주 나오는 걸까 궁금했다. 그러나 곧바로 박은 중국에 자주 드나드는 사람이라는 사실을 떠올렸다. 즉, 그는 다른 북한 주민들보다 외부 세계에 대한 정보를 많이 아는 사람이었다.

나의 드라마 재현이 끝나자 박은 박수를 쳤고, 나는 배우처럼 인사했다. 그는 웃음을 터뜨리며 주머니에서 반쯤 비운 소주병을 꺼내 내밀었다. 나는 아까 마신 맥주병을 가리키며 사양했다. 그는 소주를 한 모금 마시더니 물었다. "나도 봐도 될까요?"

그가 내가 보던 드라마를 같이 봐도 나에게는 아무 문제 될 것이 없었지만, 박에게는 분명 문제 삼을 만한 누군가가 있을 터였다. 나는 그가 술을 마셔서 대범해진 것인지, 아니면 다른 외국인들에게도 이런 요청을 하는지 궁금해졌다. 나는 그가 내용을 조금이라도 이해할 수 있도록 영어 자막을 틀어 주었지만, 주인공의 말이 워낙 빨라 큰 도움이 될 것 같진 않았다.

기차가 삐걱거리는 선로를 달리며 덜커덩거릴 때마다 나란히 앉아 있던 우리의 몸도 함께 흔들렸다. 박의 시선은 화면에 고정되어 있었다. 나는 점점 긴장하기 시작했다. 드라마에서 야한 장면이나 욕설이 나올까 봐 불안했다. 마치 부모님과 함께 영화를 보는 십 대 소녀라도 된 것 같았다.

"왓 어 빗치(What a bitch)!" 박이 갑자기 소리쳤다. 그는 북한어 억양으로 자막을 따라 읽고 있었다. "뻑 유(Fuck you)!" 그는 자신이 뭐라고 말하였는지도 모른 채, 그저 영어로 말하는 자신의 모습이 재밌어서 웃기 시작했다. "마더뻑커(Motherfucker)!"

"안 돼요, 안 돼!" 나는 손을 앞으로 내저으며 웃음을 터뜨렸다. "제발 그만둬요!"

그러나 때는 이미 늦었다. 기초 영어만 겨우 구사하던 박이 나와 딱 10분을 함께하고는 망나니처럼 욕설을 해대고 있었다. 그는 다시 자리에서 일어나 총을 쏘는 시늉을 하기 시작했고, 나도 그를 따라 했다. 그는 총에 맞은 것처럼 침대로 쓰러지더니 크게 웃기 시작했다. 나도 참지 못하고 웃음을 터뜨렸다. 그리고 우리는 잠시 아무 말도 하지 않고 진정하려 애썼다.

즐거운 시간을 같이 보낸 답례로 나는 그에게 뭔가 선물을 주고 싶었다. 주머니를 뒤져보니 집에서 가져온 초콜릿이 있었다. 나는 선물이라며 그에게 초콜릿을 내밀었다. 그는 손바닥을 펴더니 그것을 소중하게 받아들었다. 그의 커다란 손에 들린 초콜릿이 무척 작아 보였다.

"영국 초콜릿인가요?" 그가 물었다.

나는 고개를 끄덕였다.

"영국 초콜릿은 정말 맛있죠. 가족한테 가져다줘야겠어요." 그는 초콜릿이 부서지지 않도록 조심스럽게 주머니에 넣었다. "고마워요." 그는 천천히 말했다. 나는 고개를 끄덕였고, 우리는 마주 보며 미소 지었다.

그가 오른손을 내밀어 나에게 악수를 청했다. "우린 친구예요." 그가 말했다.

"그래요. 우린 친구예요." 나는 대답했다.

평양-베이징 구간을 운행하는 두 개의 기차 노선은 중국과 북한이 각각 따로 관리하고 있었는데 이번 여행에서 내가 탄 것은 북한 열차였다. 객실에서는 눅눅한 담배 냄새와 오래된 진공청소기 냄새가 났고, 침대는 70년대에 유행하던 벨루어 술이 달린 칙칙한 분홍색 매트리스 커버로 덮혀 있었다. 평양에서 신의주로 향하는 기차 안에서 본 북한의 시골 풍경은 이 나라가 지닌 또 다른 삶의 모습들을 보여주고 있었다. 도심과는 달리 모피 코트나 모자를 쓴 사람은 잘 보이지 않았고, 차가 거의 없는 길에는 먼지도, 자갈도 많았다. 또한 얼어붙은 황량한 들판에는 일꾼들만 간혹 보였을 뿐 한참을 가도 인기척이 전혀 없었다. 기차가 움직이는 내내 북한 승객들은 수시로 가방 검색을 당해야 했으며 세관 직원이나 비밀경찰에게 뇌물을 주어야 했다. 이런 관행이 외국인에게만 면제되는 것은 아니었다. 한 외국인 친구는 북한 세관 직원들이 불법으로 간주하는 영화를 반입하려다가 제지당했는데, 10달러와 담배 두 갑을 주고 반입을 허락받은 적이 있다고 했다. — 2017년 12월, 평안북도

[위] 평양과는 달리 이곳에는 아파트 단지와 하모니카 주택이 서로 나란히 붙어있다. 조금 전까지 쓰레기를 태우던 남성이 철도를 향해 걸어가고 있고, 그 뒤로 눈밭에서 노는 아이들의 모습이 보인다. 아이들이 자신의 등에 눈을 던져도 남성은 눈치채지 못하고 계속 걸어가기만 했다. — 2017년 12월, 평안북도

[오른쪽] 기차가 지나가면 아이들은 누가 타고 있는지 보려고 멀리서 달려왔다. 대부분의 아이들은 기차 안의 낯선 사람들을 향해 웃으며 손을 흔들었다. 창문이 모두 단단하게 잠겨 있었기 때문에 기차 밖의 사람들과는 손짓 발짓으로만 소통할 수 있었다.
— 2017년 12월, 평안북도

이 집 밖에는 개 여러 마리가 뛰어다니고 있었다. 아이 두 명이 새끼 강아지를 데리고 놀고 있었는데, 이 개들은 애완용이라기보다는 식용일 가능성이 컸다. 북한의 시골에서는 자전거 뒷자석에 강아지가 들어 있는 우리를 고정시킨 채 돌아다니는 사람들을 자주 볼 수 있었다. — 2019년 1월, 마을 미상

아이들은 겨울이면 얼어붙은 연못과 강으로 나가 집에서 만든 썰매와 아이스 스케이트를 타고 놀았다. 그들은 막대기로 썰매를 지치다가 까르르 웃으며 넘어지곤 했다. 산속의 시골 마을은 밤에 되면 칠흑처럼 어둡고 조용했다. 지나가는 자전거 핸들에 붙은 전등 불빛만이 어둠 속에서 흔들릴 뿐이었다.
— 2018년 1월, 평안북도

북한 전역에서 찾을 수 있는 이런 전형적인 단층 '하모니카 집'은 도시의 현대적인 아파트 단지 사이에 끼어 있거나 시골 지역에 자리잡고 있다. 겨울의 혹독한 추위가 찾아오면 보온을 위해 플라스틱 판으로 창문을 덮어 놓은 것을 볼 수 있었다.
— 2017년 12월, 평안북도

신의주로 향하는 길목에서 트럭 짐칸에 탄 아이들이 어딘가로 이동하고 있다. 나는 이런 사람들을 볼 때마다 그들이 어디로 가는지 늘 궁금했다. 다른 사람의 차를 얻어 타고 가는 길이거나, 출근하는 길이거나, 평양으로 돌아가는 길일 수도 있을 테지만, 대부분의 경우 이들이 어디로 가는지 정확히 알 길은 없었다. — 2018년 5월, 평안북도

평양 골프장은 2018년 겨울에 재단장을 위해 문을 닫았는데, 1년 후에도 여전히 문을 닫은 상태였다. 안에서는 큰 규모의 숙박단지가 건설되고 있었고, 10번 홀 근처에는 신축 레스토랑도 짓고 있었다. 수백 명의 군인이 현장에서 숙식하며 외국인 골퍼들을 위한 편의시설을 짓는 데 여념이 없어 보였다. — 2019년 1월, 평양 외곽 평양 골프장의 건설 노동자들에게 건축 자재를 운반하고 있는 소형 차량. 새롭게 만들어진 자갈길은 민가로부터 멀리 떨어져 있어서 방문객이 현지 주민과 마주칠 가능성은 더욱 적어졌다. 기존에 사용하던 도로는 폐쇄되었다. — 2019년 1월, 평양 외곽

평양 클럽하우스는 언제나 텅 비어 있었다. 직원 수도 항상 부족해서 이곳을 방문하면 직원을 찾느라 시간을 많이 허비하곤 했다. 클럽하우스에 딸린 큰 레스토랑도 언제나 비어 있었고, 내부는 몸이 얼어붙을 정도로 추웠다. 가끔 외국인이 방문하면 틀어주는 조명과 음악도 손님이 자리를 뜨자마자 다시 꺼지곤 했다. — 2018년 8월, 평양 외곽

자남산 호텔에서 두 명의 관광 가이드가 식사비를 계산하고 있다. 벽에는 한반도가 붉은색으로 강조된 지도가 붙어있다. 북한 건물들 안에는 이런 세계 지도가 자주 눈에 띄었다. — 2018년 12월, 개성

점원

"헬로, 하우 매이 아이 헬프 유 투데이(Hello, how may I help you today)?"

나는 깜짝 놀랐다. 나를 향해 미소 짓는 점원은 거의 완벽한 영국식 억양을 구사하고 있었다. 그녀의 옆자리 동료는 고개를 숙인 채 시선을 피했지만, 그녀는 나와 눈을 맞추며 내 대답을 기다리고 있었다. 나는 외국인들이 올 것 같지 않은 이런 허름한 가게에 이렇게 영어를 유창하게 하는 직원이 있다는 사실이 믿기지 않았다.

"정말 영어를 잘하시네요. 어디에서 영어를 배웠나요?" 내가 묻자 그녀는 까르르 웃으며 고맙다고 말했다. 자신을 미스 한

[왼쪽 상단] 문수동 지구에서 가까운 꽃집 창가에 진열된 장식품들
— 2018년 12월, 평양

[왼쪽 하단] 평양 제1백화점에 판매용 스포츠용품이 전시되어 있다. 백화점에는 유명 스포츠 브랜드가 많이 입점해 있었는데, 외국인 커뮤니티에서는 그 제품들이 사실 현지에서 생산한 가품일지도 모른다고 생각했다. 진열창에는 권투 글러브도 전시되어 있었지만, 안으로 들어가 물어보면 판매 제품이 아니라고 했다. 평양에서 파는 스포츠 장비는 매우 비싸서, 축구공 하나에 300달러나 하는 곳도 있었다. 그런데 어느 날 미스터리하게도 그 축구공이 진열창에서 사라졌고, 우리 외국인 모임 사이에서는 특이한 기념품을 사고 싶은 마음이 너무나 간절한 나머지 상식을 넘어선 소비를 한 사람이 누구인지를 놓고 갑론을박을 벌였다. — 2019년 1월, 평양

이라고 소개한 점원은 자신이 평양외국어대학교를 나왔으며, 영어와 스페인어 성적이 매우 우수했었다고 말해 주었다. 그녀가 자신의 학창 시절에 대해 재잘거리는 동안 나는 그녀의 완벽한 언어 구사력에 완전히 매료되고 말았다.

"잠시만요." 내가 말했다. "스페인어도 할 줄 안다고요?"

그녀는 고개를 끄덕였다. 나는 오랜만에 스페인어로 그녀에게 말을 건넸다. 그녀는 숨이 턱 막힐 만큼 깜짝 놀라는 듯했다. 나도 대학에서 프랑스어와 스페인어를 공부했다고 알려주자 그녀는 깡충깡충 뛰며 손뼉을 쳤다.

"저도요!" 그녀가 스페인어로 말했다. "어렸을 때 쿠바와 페루에서 살았고, 학교도 거기에서 다녔어요. 스페인어를 하는 친구들을 많이 사귀었었죠. 거기에는 영국인 친구랑 미국인 친구들도 많았어요."

나는 내가 북한 소녀와 대화 중이라는 사실을 잠시 잊을 뻔했다. 북한 주민인 그녀가 어떻게 외국에서 성장하고, 외국인 친구들을 사귈 수 있었을까?

"아버지가 외교관이시거든요." 그녀가 말했다. "그래서 여행을 많이 다녔어요. 외국 친구들도 많이 사귈 수 있었고요."

처음 보는 순간부터 그녀에겐 다른 북한 주민과는 다른 무언가가 느껴졌다. 그녀는 개방되어 있었고, 외국인과 함께 있어도 편안해 보였다. 계산대 뒤에서 소개를 숙인 채 우리의 대화를 엿듣고 있는 다른 점원과는 대조적이었다. 외부 세계를 경험한 사람과 북한을 한 번도 떠난 적이 없는 사람의 차이는 놀라울 정도로 컸다. 해외 경험이 있는 사람은 외국인을 위협으로 인식하지 않았다. 나는 오랜만에 나를 평범하게 대하는 사람을 만나자 안도감을 느꼈다.

미스 한은 스페인어를 들으니 남미에서 보냈던 어린 시절이 떠오른다며, 지금은 스페인어를 연습할 기회가 거의 없어서 아쉽다고 했다. 그녀는 남미에서 행복하게 지냈으며 사람들도, 음식도, 음악도 너무 좋아서 언젠가는 그곳에 다시 가보고 싶다고 했다. 그녀는 외국인 친구가 많다는 사실을 나에게 여러 번 말했는데, 자신이 미국인과 영국인도 좋아한다는 사실을 꼭 알리고 싶은 것 같았다. 내가 북한 사람들이 서구 사람, 특히 미국 사람은 무조건 싫어한다고 생각할까 봐 자신은 그렇지 않다고 말하고 싶었던 것이다.

나는 그 소녀에게 깊은 연민을 느꼈다. 그녀는 똑똑하고, 언어 재능도 뛰어나고, 다정한 성품을 가졌지만, 세상이 줄 수 있는 기회를 모두 누리지 못한 채 이곳에 은폐되어 여생을 살게 될 터였다. 다른 곳에서 태어났더라면 그녀는 어떤 삶을 살았을까? 어떤 세상을 봤을까? 어떤 사람이 되어 갈까?

나는 그녀에게 지금도 연락을 주고받는 외국 친구가 있는지 물었다. 그러나 나는 이미 답을 알고 있었다. 소녀의 입가에서 미소가 사라졌고, 고개를 숙이면서 처음으로 나의 시선을 피했다.

"아니요. 연락을 주고받지는 못해요."

그녀를 향한 나의 연민이 더욱더 깊어졌다. 나는 그녀에게 북한 체제가 그녀의 자유를 얼마나 부당하게 빼앗고 있는지 솔직하게 말하고 싶었다. 그녀가 이 나라에서 탈출해서 자유롭게, 무엇이든 성취할 수 있는 정상적인 삶을 살도록 돕고 싶었다. 그러나 늘 그렇듯, 내가 할 수 있는 일은 아무것도 없었다. 우리에게는 전화번호를 주고받거나, 같이 커피를 마시거나, 서로의 친구나 가족을 만나는 것 같은 평범한 교제도 금지되어 있었다. 나는 그녀에게 미소 지으며, 입 밖으로 꺼낼 수 없는 모든 이야기를 눈빛으로 전달하려 애썼다.

미스 한이 내가 고른 물건들을 계산대에 갖다 놓자, 지금까지 말없이 고개를 숙이고 있던 그녀의 동료가 계산기로 물건 값을 계산하고 돈을 받기 위해 손을 내밀었다. 미스 한이 그녀의 팔을 살짝 두드리자 그제야 그녀는 고개를 들어서 나와 시선을 마주쳤다. 그러나 그녀의 얼굴에선 여전히 아무런 표정도 읽을 수 없었다. 나는 그녀에게 돈을 건넨 후, 두 명 모두에게 친절하게 대해줘서 고맙다고 말했다. 그들은 나에게 고개 숙여 인사했고, 미스 한은 스페인어로 또 오시라고 말했다. 상점 밖 거리로 나와 마지막으로 뒤를 돌아보자, 창문의 블라인드 사이로 고개를 살짝 내밀고 부드럽게 손을 흔들며 작별 인사를 하는 미스 한의 얼굴이 보였다.

평양 전역의 기념품 가게에서 한복 입은 인형들을 판매했지만, 동네 시장에 가면 같은 제품을 훨씬 싼 가격에 살 수 있었다. 그러나 관광객은 시장에서 물건을 사는 것이 금지되어 있었다. — 2019년 1월, 평양

외국인들이 신발 공장을 견학하는 동안 노동자들이 대화를 나누고 있다. 이곳에서는 열일곱 살의 평양외국어대학교 학생이 내 가이드 역할을 해주었다. 그녀는 나에게 알려 줄 정보와 통계가 적혀 있는 노트를 긴장한 듯 쉴 새 없이 만지작거리고 있었다. 얼마 지나지 않아 우리는 공적인 이야기는 그만두고, 서로에 대한 이야기를 조금씩 나누기 시작했다. 그녀는 이 공장이 외국 신발의 디자인을 노골적으로 표절하고 있다고 했다. 유명 브랜드의 운동화나 부츠를 잔뜩 전시해 두고 디자인을 베끼고 있다는 흥미로운 이야기였다. 그녀 자신은 운동화보다는 평양의 엘리트 여성들이 즐겨 신는 반짝이는 스틸레토 하이힐이 더 좋다는 이야기도 들려 주었다. — 2018년 4월, 평양

고려시대와 조선시대 최고의 교육기관이었던 성균관의 앞뜰에서 한 신혼부부가 결혼 기념 촬영을 하고 있다. 사진 기사의 지시에 따라 신랑 신부는 나무 밑에서 춤을 추거나 경내를 거닐며 함께 웃었고, 몇 안 되는 하객들이 그들을 향해 환호하며 박수를 보냈다. 이 사진은 통역이나 가이드가 반드시 동행해야 하는 개성 여행 중에 찍은 것이다.
— 2018년 12월, 개성

남포시와 해안마을을 잇는 도로에서 두 명의 소녀가 자전거를 타고 있다. 북한의 모녀 관계도 전 세계 여느 나라와 비슷한 것 같다. 딸이 있는 북한 친구들은 딸들이 좋은 직장을 갖고, 좋은 남편 만나 아이 낳고 잘 살기를 바란다는 이야기를 자주 했다. 미혼인 북한 친구들은 엄마가 낡은 사고방식을 가졌고, 문자 메시지도 제대로 못 보낸다며 불평하다가도, 엄마한테 배웠다는 스킨케어 팁을 알려주기도 했다. — 2018년 9월, 남포

평양 매스게임을 관람하다 셀카를 찍는 소녀들. 젊은 엘리트 계층은 북한에서 외부 세계를 가장 많이 접한 세대이다. 이들이 남한의 영화, 드라마, 음악을 일상적으로 보고 듣는다는 사실은 더 이상 비밀이 아니다. 그들은 중국이나 남한에서 유행하는 옷을 입거나 헤어스타일을 하고, 김일성-김정일 치하에서는 금지되었을 액세서리로 자신을 치장했다. 무엇보다도 이들은 북한에서 인터넷을 경험하고 활용한 첫 세대다. 나는 평양에서 (외국에서 송출하는 신호를 수신할 수 있기 때문에 북한 정권이 금지했음에도 불구하고) 삼성폰이나 아이폰을 사용하는 젊은이들을 많이 보았다. 이들이 합법적으로 사용할 수 있는 휴대폰은 중국에서 생산한 북한 브랜드 제품이었는데, 이 휴대폰으로 그들은 북한 인트라넷을 검색하고, 온라인 쇼핑과 게임을 하고, SNS를 이용했다. 평양의 엘리트들은 북한 정권의 무소불위한 정보 통제 능력을 서서히 무력화시키고 있었다.
— 2018년 8월, 평양

밀레니얼 세대

"강한 여성들을 위하여!" 맥주를 물처럼 들이켜던 소현이 의기양양하게 유리잔을 쾅 내려놓으며 말했다. "여기 석 잔 더 주세요!"

외국인을 위한 가이드 중 한 명인 소현은 완벽한 영어 구사력과 하이에나 같은 독특한 웃음소리를 가진 아가씨였다. 오늘따라 그녀는 기분이 무척 좋아 보였다. 그녀는 자리에 앉은 채 노래방 기계에서 흘러나오는 음악에 맞춰 춤을 추다가, 주문한 음식이 하나씩 나올 때마다 손뼉을 치며 기뻐했다. 또 다른 가이드인 미스 강은 뜨거운 차라도 마시듯 조심스럽게 맥주만 홀짝였다. 불편한 기색이 역력했다.

근처 테이블에는 이십대로 보이는 북한 젊은이들이 앉아 있었다. 한쪽에는 신혼부부가, 맞은편에는 두 명의 젊은 여성이 앉아 있었는데, 모두 술에 잔뜩 취한 것 같았다. 신혼부부 테이블에서는 몇 분에 한 번씩 신부가 남편의 얼굴을 붙잡고 키스를 했고, 맞은편 여성들은 휴대폰에서 눈을 떼지 않았다. 테이블 위에는 파란색과 초록색 조명이 들어오는 커다란 맥주 피처와 적어도 100달러는 되어 보이는 조니 워커 위스키 병이 반쯤 비워진 채 놓여 있었다. 그들은 자주 위스키 잔을 채워 건배했는데, 술이 대부분 잔 밖으로 흘러내려 테이블이 끈적끈적해졌다. 북한에 온 지 18개월이 지났지만, 나는 아직도 북한 특권층 젊은이들의 라이프스타일이 믿기지가 않았다.

종업원이 우리가 두 번째로 주문한 맥주를 가지고 나타났다. 소현은 맥주잔을 들어 우리와 건배하고는 마지막 한 방울까지 꿀꺽꿀꺽 마셨다. 그러고는 다시 빈 잔을 테이블 위에 쾅 내려놓았다.

소현은 나에게 다이어트 이야기, 선을 본 이야기, 그리고 남자친구와 헤어진 이야기 등을 서슴없이 털어놨다. 그녀는 자신이 연애와 어울리지 않은 사람이라 여전히 싱글인 것 같다고 했다. 그녀는 커리어를 원했고, 결혼이나 출산에는 관심이 없었다. 그러나 그녀의 부모님은 생각이 달랐다. 소현의 말에 따르면 북한의 젊은 여성들은 대부분 부모님이 정해준 사람과 선을 보고 연애를 한다고 했다. 그러나 그들도 조금씩 변하고 있었다.

"몇 주 전에는 아빠가 정말 따분한 남자랑 선을 보게 했지 뭐예요. 그 사람이랑 산책을 했는데, 함께 걷는 내내 직장 이야기만 하더라고요. 그런 데이트라니, 딱 질색이에요." 그녀는 휴대폰으로 누군가에게 끊임없이 문자를 보내면서 말을 이어갔다. "내가 만나고 싶어서 만나는 거라면 몰라도 부모님의 안목은 정말 못 믿겠어요." 그녀는 머리를 쓸어 넘기면서 말했다. "저는 정말 하고 싶은 일이 많거든요. 여행도 하고 싶고, 파리에도 가고 싶어요. 그리고 커리어도 쌓고 싶고요. 게으른 남편이랑 종일 울어대는 애들 뒷바라지나 하면서 좋은 시절 다 보내기는 싫어요."

소현의 말에 공감했는지 젓가락으로 밥알만 깨작이던 미스 강이 맥주잔을 들어 우리와 건배했다.

나는 소현이 외국인을 대할 때 보여주는 거침없는 태도에 언제나 놀라곤 했다. 그녀는 북한 체제가 가하는 여러 제한들에도 불구하고 자신이 원하는 것에 대해 무척 솔직했다. 그녀를 보고 있노라면 다른 북한 주민들과도 서로 벽을 허물 수 있다면 어떤 이야기를 들려줄지 궁금해지곤 했다.

종업원이 맥주를 더 가져와 소현의 앞에 내려놓았다. 그녀는 첫 두 잔을 마신 후 이미 목까지 빨개져 있었다.

"린지 씨, 마이클 페일린[10]이 만든 다큐멘터리 보셨나요?" 취한 목소리로 웨스트라이프의 '마이 러브My Love'를 부르는 학생의 노래 소리 때문에 소현은 큰 목소리로 외쳐야 했다. 나는 그녀가 무엇에 대해 이야기하고 있는지 알고 있었다. 나는 그녀에게 아직 다큐멘터리를 제대로 보지는 못했지만 몇 장면은 봤다고 대답했다. 그녀는 실망한 기색이었다.

"왜요?" 내가 물었다.

"아, 제 친구가 마이클 페일린의 가이드를 했거든요. 그래서 어떤 내용인지 궁금했어요." 그녀는 맥주를 한 모금 마셨다. "그것 때문에 우리는 몇 주 동안이나 역할극 연습을 했어요. 사무실에서 수많은 질문들에 어떻게 대답해야 하는지 연습시켰거든요. 그 친구가 대답을 제일 잘해서 결국 뽑힌 거예요. 저도 무척 하고 싶었

10. 역주) Michael Palin: 영국의 코미디언이자 방송인. 2018년에 북한을 방문해 다큐멘터리를 촬영했다.

지만, 제 운이 아니었던 거죠." 그녀가 어깨를 으쓱해 보였다.

소현은 내 어깨에 머리를 기대며 팔짱을 꼈다. 나는 미스 강의 반응을 보려고 그녀 쪽으로 고개를 돌렸다. 그러나 그녀는 자리에 없었다. 미스 강은 어느새 무대 중앙에 서서 '마이 하트 윌 고 온My Heart Will Go On'을 열창하고 있었다. 테이블마다 사람들이 자리에서 일어나 두 팔을 들거나 어깨동무를 하고 축구 경기장에라도 온 것처럼 후렴구를 함께 불렀다. 그 순간만큼은 이곳이 세상 어디라 해도 이상하지 않았다. 그저 친구들과 좋은 시간을 보내는 사람들이 있을 뿐이었다. 그러나 나는 지금 이들과 누리는 우정이 다른 북한 친구들과 마찬가지로 오래가지 못할 것을 알았다. 그래서 지금 이 순간을 온전히 즐기고 싶었다. 온종일 말이 없던 수줍음 많은 미스 강은 무대에 실컷 춤을 추고, 멋진 퍼포먼스로 관객들을 사로잡다가 열광적인 박수를 받으며 무대에서 내려왔다.

"혹시 다크호스dark horse라는 표현을 아세요?" 테이블로 돌아온 미스 강에게 내가 물었다. 그녀는 고개를 끄덕이더니 손으로 입을 가리며 수줍게 웃었다.

평양의 부모들은 자식을 가문의 자랑이자 기쁨으로 여긴다. 특히 엘리트 계층에서 태어난 남자아이들은 버릇이 없거나 너무 먹여서 뚱뚱한 경우가 많았는데, 이는 1990년대 북한의 모습과는 매우 대조적이다. 물론 평양 밖은 사정이 달랐다. 북한의 다른 지역에는 여전히 영양실조와 식량난으로 고통받는 사람들이 많았다. — 2018년 7월, 평양

예전에는 어머니가 아이를 안거나 업고 다니는 것이 일반적이었지만, 점점 더 많은 부부가 유모차를 사용하기 시작했다. 이는 평양 엘리트층의 가처분 소득이 늘어난 징후이기도 하다. 외국인 여성으로서 평양에서 지내는 동안 나는 왜 아이를 낳지 않느냐는 질문을 자주 받았다. 몇몇 젊은 여성 친구들은 자신들도 아이를 낳고 싶지 않지만, 이런 생각을 부모 세대는 이해하지 못할 것이라고 인정하곤 했다. — 2019년 8월, 평양

두 어린 소년이 할아버지를 도와 짐수레를 밀고 있다. 아이들은 으샤으쌰 소리를 내며 서로를 응원했다. 한 북한 친구는 자신의 은퇴가 얼마 남지 않았음을 한탄하며 더 일하고 싶은 아쉬움을 토로하기도 했다. 그러나 이런 아쉬움이 배부른 고민처럼 느껴지는 사람들도 북한에는 많이 있다. — 2018년 9월, 남포

남포시에서 한 젊은 엄마가 계단에서 뛰어내리려는 아이를 도와주고 있다. 북한의 부부들은 대부분 아이를 하나만 낳지만, 자녀를 두 명 둔 부부도 가끔 있었다. 한 북한 친구는 아이를 둘 낳았는데, 의사가 둘 다 아들일 거라 했지만 둘 다 딸이어서 실망스러웠다고 했다. — 2018년 9월, 남포

평양에서는 아이들이 저녁 늦게까지 공원이나 잔디밭에서 노는 모습을 자주 볼 수 있다. 그러나 북한 친구의 말에 따르면 요즘 아이들은 집에서 게임기나 휴대폰을 들여다보느라 점점 밖에서 놀지 않으려 한다고 했다. — 2018년 9월, 평양

한복을 입은 여성들이 열병식을 보기 위해 평양 거리에 모여 있다. 이들은 대부분 광장에서 김정은을 위한 공연을 막 마치고 나온 사람들이었다. 사진 속의 여성은 남편에게 핸드백을 맡기고 왔는데, 그녀의 남편은 아내가 잊어버리고 간 안경을 가져다주느라 열심히 거리를 달려 그녀의 뒤를 쫓았다. — 2018년 8월, 평양

평양의 콘서트

남한에서 온 남성 한 명이 푸른 조명을 받으며 무대 중앙에 앉아 있었다. 손에는 기타가 들려 있었고, 공연장을 채운 수천 명의 관객은 침묵 속에서 그를 바라봤다. 그는 기타를 무릎에 올려놓더니, 마이크에 대고 이야기를 시작했다.

나는 그가 뭐라고 말하는지 궁금해서 미스터 송에게 통역을 부탁했다.

"부모님이 전쟁 때 남한으로 넘어간 실향민이라고 하네요." 그가 말했다. "부모님이 두 분 다 최근에 돌아가셨는데, 살아생전 소원이 아들이 고향에서 공연하는 모습을 보는 거라고 하셨대요. 비록 부모님은 돌아가셨지만, 그 소원을 들어드릴 수 있어 기쁘다고 합니다."

미스터 송은 말을 마치고 들릴 듯 말 듯한 한숨을 내쉬었다. 남한 가수가 북한에 와서 실향민 부모에 대해 솔직하게 말하고, 서로 대립하고 있는 이곳을 부모님의 고향이라고 언급하는 모습을 보니 가슴이 찡했다. 실향민들은 휴전 이후 다시는 고향으로 돌아갈 수 없다는 사실을 알게 되었을 때 어떤 심정이었을까?

눈물을 흘리며 자신의 소개를 마친 가수는 눈물을 닦고 노래를 부르기 시작했다.

[왼쪽] 남북 합동 공연 장면. 외국인들은 공연 시작 15분 전이 되어서야 초청을 받았다.
— 2018년 4월, 평양

내 앞에는 한 가족으로 보이는 세 명의 여성이 앉아 있었다. 노부인은 청록색 투피스를 입고 있었고, 딸과 손녀로 보이는 두 명의 여성은 알록달록한 한복을 입고 있었다. 이십 대로 보이는 손녀는 무표정한 얼굴로 연기가 자욱한 무대를 응시했다. 공연 내내 잡담을 하던 노부인은 노래가 시작되자 한결 차분해지더니 한 손을 딸의 무릎에 올려놓고, 푸른 조명을 받아 반짝이는 눈으로 음악에 집중했다. 노부인과 손녀 사이에 앉아 있던 딸도 사색하는 표정으로 무대를 향해 몸을 기울이고 앉아 가사에 집중했다.

콘서트를 마치고 나는 미스터 송에게 공연이 어땠는지 물었다. 그는 내 어깨에 손을 얹었다. "우리는 하나. 우리는 하나예요, 린지 여사님. 이건 정말 특별한 메시지에요. 우리는 하나예요. 우리는 하나예요." 그는 말하고, 또 말했다.

차를 타고 숙소로 돌아오는 길에 나는 휴대폰으로 찍은 콘서트 동영상을 틀었다. 거기에는 아까 자신을 소개하던 가수의 모습도 담겨 있었다. 미스터 송이 몸을 기울여 자동차의 라디오를 껐고, 오직 그 가수의 음성만이 차 안을 채웠다. 미스터 송이 저 먼 곳의 길을 말없이 응시할 때, 가수의 목소리가 다시 우리의 귓가에 울려 퍼졌다. "우리는 하나입니다."[11]

11. 역주) 작가가 관람한 공연은 2018년에 '우리는 하나'라는 제목으로 평양에서 개최된 남북 합동 공연이다. 이 공연에서 실향민 2세인 강산에가 부른 노래 '라구요'는 실향민의 아픔을 담은 노래다.

세계 최대 규모의 집단 체조인 평양 매스게임 연습에 참여하기 위해 한 학생이 급우들과 함께 버스를 기다리고 있다. 5년간 중단되었던 북한의 매스게임은 2018년에 다시 부활했다. 10만 명의 주민들이 이 매스게임에 동원되었는데, 그중에는 다섯 살 어린이도 있었다. — 2018년 9월, 평양

봄, 여름 내내 북한의 주민들은 평양 전역의 넓은 야외 공간에서 매스게임을 연습했다. 주변 지역에서 오는 사람들은 트럭이나 화물차 짐칸에 탄 채 연습 장소로 이동했다.
— 2018년 9월, 평양

[다음 페이지] 2018년에는 남북의 평화와 협력을 상징하는 한반도기가 평양의 건물, 상점, 그리고 방송에서 자주 모습을 드러냈다. 같은 해에 공연된 매스게임은 오래도록 대치하던 두 나라가 서로를 친구라고 불렀던 감동적인 시기에 이루어진 대대적인 행사였다. 이런 행사가 만들어내는 긍정과 희망의 분위기에 휩쓸리지 않기는 힘들었다. 이러한 메시지의 영향은 관중석에 모인 수천 명의 환하고 희망찬 미소에서 발견할 수 있었다. — 2018년 8월, 평양

평양 매스게임에 참가한 사람들의 모습. 평양 각지에서 온 수천 명의 사람이 릉라도 5.1 경기장을 가득 메우고 있다. 이들의 임무는 신호에 따라 다른 색상의 카드를 들어 올리며 거대한 선전물 모자이크를 만드는 것이다. 2018년에 '빛나는 조국'이란 이름으로 공연된 매스게임에서는 남북 협력과 평화에 대한 메시지가 주를 이뤘다. 대한민국의 문재인 대통령이 김정은 위원장과 함께 이 행사를 관람했다. — 2018년 8월, 평양

아기

어느 무더운 여름 오후, 한낮의 찌는 더위를 피하고자 나는 근처 숲으로 차를 몰았다. 그런데 그곳에서 우연히 나무 사이에 숨어 있던 워터파크를 발견하게 되었다. 늘 그렇듯 그곳이 어디인지, 무엇인지 알려주는 표지판은 없었다. 그럼에도 불구하고 워터파크는 인기리에 성업 중이었다.

나는 호기심이 일었다. 평양에 온 지 1년이 되도록 아직도 이곳에 대해 모르는 것이 너무나 많았다. 나는 차를 세우고 워터파크가 내려다보이는 레스토랑의 계단을 올라갔다. 사람들은 수정처럼 맑은 물을 튀기며 형형색색의 튜브에서 뛰어내리거나, 노랗고 빨간 워터 슬라이드 위에서 서로를 밀치며 신나게 놀고 있었다. 수중 배구를 하다가 공을 놓쳐 실점한 사람의 엉덩이를 발로 차며 깔깔대고 웃는 남녀 무리도 눈에 띄었다. 나는 맥주를 한 잔 주문하고 자리에 앉았다. 다른 가족들도 시원한 음료를 마시거나, 햇볕 아래 뜨겁게 달아오른 피부에 차가운 맥주병을 갖다 대며 열기를 식히고 있었다.

[왼쪽] 남포의 해변에서는 연령에 상관없이 모두가 수영을 즐긴다. 어린 소년들은 모래에서 공을 차며 놀았고, 어른들은 배구를 하다가 누군가가 실점을 하면 서로의 엉덩이를 장난스럽게 걷어차곤 했다. 해변의 공식 사진사는 무지개 풍선을 들고 다니며 수영하는 사람들을 향해 천 원(약 10센트)에 사진을 찍으라며 호객행위를 했다.
— 2019년 8월, 남포

주변 풍경을 바라보고 있는데 한 노인이 나에게 다가오는 모습이 보였다. 양옆에는 두 명의 어린 소녀가 그의 바짓가랑이를 하나씩 붙잡은 채 엄지를 빨고 있었다. 노인의 얼굴은 마르고 주름졌지만 두 눈에는 생기가 넘쳐흘렀고, 양손에는 오리 모양의 노란색 수영 튜브가 들려 있었다. 그리고 소주와 맥주 냄새를 풍기는 그의 뺨은 붉게 빛나고 있었다. 나는 우리를 지켜보며 킥킥 웃고 있는 그의 가족들을 흘끗 쳐다봤다. 그들은 지글지글 타오르는 바비큐 주위에 앉아 있었는데 곁에는 비워진 녹색의 대동강 맥주병들이 잔뜩 쌓여 있었다. 노인의 곁에 있는 소녀들에게 내가 먼저 인사를 건네자 아이들은 깜짝 놀라며 서로에게 속삭였다. "우리말을 할 줄 아나 봐!" 노인은 큰 소리로 웃으며 자신의 이름은 한용철이라고 했다. 나도 내 이름을 알려주었고, 우리는 서로를 향해 고개를 숙여 인사했다. 구석의 문틈으로 웨이트리스가 우리의 모습을 지켜보는 시선이 느껴졌다.

노인은 마치 대관식에서 왕관이라도 넘겨주는 것처럼 나에게 오리 튜브를 건네주었고, 나는 얼떨결에 두 손을 내밀어 그것을 받아들었다. 그런데 튜브의 무게가 생각보다 무거워서 나는 순간적으로 두 팔을 아래로 내려뜨리고 말았다. 튜브 안에는 작은 여자 아기가 분홍색 담요로 둘러싸인 채 잠들어 있었다. 그 순간 내 표정이 어땠는지 나는 알 길이 없었지만, 미스터 한은 내 얼굴을 보며 웃음을 터뜨렸다. 바비큐 주변에 앉아 있던 그의 가족들도 따라 웃었다. 나는 당황스럽고 혼란스러워 어쩔 줄 몰랐다. '내가 어떻게 해야 하는 거지?' 나는 생각했다. '이 아기를 왜 나한테 들려주는 걸까? 이래도 되는 건가?' 나는 아기의 얼굴을 들여다보았다. 곤히 잠든 아기의 작은 분홍색 입술이 오므라질 때마다 작고 반짝이는 거품이 만들어졌다. 나는 아이의 눈가에 있던 머리카락을 쓸어 넘겨주었다. 아기는 너무나 부드럽고 연약했다. 나는 노인에게 아기가 너무 예쁘다고 말하고 이름을 물었다.

"유애." 그가 대답했다. 그는 나에게 자녀가 있냐고 물었고, 내가 없다고 하자 웃으며 손목의 금시계를 가리키며 서두르라고 했다. 내가 허공을 향해 눈을 한번 굴리고는 고개를 끄덕이자 그는 킥킥대고 웃었다. 우리는 잠시 편안한 침묵 속에 함께 서 있었다. 나는 두 팔로 유애를 안아들고 아기의 이마에 내 이마를 맞댄 후, 아이가 깨지 않도록 최대한 부드럽게 끌어안았다. 그리고 어린 시절 엄마가 불러주셨던 노래 '에델바이스'를 불렀다. 아기의 작은 귓가에 대고 노래 가사를 속삭이며 나는 아기의 미래가 지금보다 더 자유로워지기를 기도했다. 이제 갓 태어난 아기였지만, 그녀는 앞으로 이 나라의 지도자가 정해 놓은 삶의 방식대로 살아가야 할 터였다.

그렇게 몇 분이 흐른 후, 콘크리트 계단을 밟고 올라오는 구둣발 소리가 들렸다. 그것은 불길한 소리였다. 이곳에는 모두가 슬리퍼나 샌들을 신고 있었기 때문이다. 미스터 한은 내 뒤의 무언가를 응시하고 있었다. 나는 재빨리 아기를 다시 그에게 건네주었다. 오리 튜브를 다시 받아 든 그는 나를 향해 살짝 미소 지어 보인 후, 곧바로 내 곁을 떠났다. 가족들 사이에 다시 합류하는 그의 눈빛에는 아까는 보이지 않았던 근심이 가득했다. 아이들은 여전히 그의 바짓가랑이를 붙잡은 채 뒤를 따랐다. 나는 침착해 보이려고 애쓰면서 아까 마시던 맥주를 다시 마시기 시작했다.

나는 곁눈질로 미스터 한이 아까 보고 있던 것이 무엇인지 확인할 수 있었다. 몇 미터 떨어진 테이블에 정장을 입은 남자가 앉아 있었다. 그는 맥주를 주문하고 내 쪽으로 의자를 돌려 앉았다. 그가 사람들에게 전하려는 메시지는 분명했다. 이 사람에게 가까이 오지 마라. 외국인에게 가까이 오지 마라.

사람들로 북적이는 해변에서는 담배 냄새와 고기 굽는 냄새, 그리고 석유 냄새가 났다. 사람들은 임시로 천막을 쳐 놓고 그 아래에서 음식을 먹고, 술을 마시고, 춤을 추고, 각자의 노래방 기계에서 나오는 음악에 맞춰 노래를 불렀다. 어떤 남자는 팬티만 걸치고 서서 커다란 불판 위로 조개를 굽고 있었다. 술에 취해 흥이 거나하게 오른 그는 계속해서 불 위로 휘발유를 부었고, 가족들은 그를 응원했다. 불길이 거세게 타올랐지만, 그는 자신의 입가에 위험하게 매달려 있는 담배는 전혀 신경 쓰지 않는 듯했다. 그는 뜨거운 조갯살을 발라 아들에게 먹였다. — 2019년 8월, 남포

남포의 작은 해변에서 한 무리의 노인들이 낚시를 하고 있다. 물 위를 오르락내리락하는 녹슨 어선들 중에는 돛대와 뱃머리 사이에 줄을 걸어 빨래를 널어놓은 배들도 있었다. 낚시꾼들은 서로 고기를 그것밖에 못 잡았냐며 장난스럽게 놀렸다. 그들은 대부분 생업이 아닌 취미로 낚시를 즐기면서 어획량에는 크게 신경 쓰지 않는 것 같았다.
— 2018년 9월, 남포

북한에서는 그 무엇도 그냥 버려지는 법이 없었다. 다른 물건들과 마찬가지로 북한의 배는 가능한 한 오래도록 사용하기 위해 고쳐지고, 또 고쳐졌다. 나는 이런 배를 볼 때마다 얼마나 오래되었을지, 어디를 다녀왔을지, 지금은 무엇에 사용되는지 늘 궁금했다.
— 2019년 8월, 남포

평양처럼 화려하진 않았지만, 남포에도 2018년의 정치적 업적을 축하하는 깃발과 포스터가 많이 걸려 있었다. — 2018년 9월, 남포

남포시에서 해변으로 이어지는 시골길을 따라 걷다 보면 아파트와 상가 건물들은 점차 사라지고, 대신 들판과 작은 마을들이 시야를 채운다. 이 도로는 염전이 끝없이 이어지는 들판을 가로지르며 햇볕 아래 고인 물 웅덩이 냄새를 풍기고 있었다. 길가의 마른 나무 그늘에는 군인과 아이들이 더위를 피해 누워 있었고, 사진 속의 소년들은 무더위에도 불구하고 열심히 페달을 밟으며 전속력으로 질주했다. 두텁게 흩날리는 먼지와, 지나가는 트럭에서 뿜어 나오는 매연이 소년들의 얼굴을 강타했다. 얼마 지나지 않아 그들은 꽥꽥 비명을 지르는 거대한 돼지 한 마리를 자건거 뒤에 묶어 놓은 어떤 여성에게 추월당했다. 자전거를 타고 집으로 돌아가는 길에 소년들이 누리던 평화로움은 순식간에 깨지고 말았다. — 2018년 9월, 남포 외곽

12. 역주) Danny Boy: 1913년에 발표된 아일랜드의 포크송. 한국에서는 '아, 목동아'라는 제목으로 알려져 있다.

향기로운 산에서

약 한 시간 정도 등산을 하던 나는 등산로에 있는 세 번째 전망대에서 발걸음을 멈췄다. 폭포 기슭을 둘러싼 은빛 바위 위에 놓여 있는 아름다운 빛깔의 정자는 숨 막히는 더위와 습기를 식히기에 안성맞춤으로 보였다.

많은 가족들이 함께 등산하거나 나무 사이에 간격을 두고 놓아둔 여러 개의 돌상에 앉아 소풍을 즐기며 소주를 한껏 마시고 있었다. 한 무리는 이곳까지 노래방 기계를 가지고 와 나무 아래에서 신나게 춤을 추며 노래를 부르고 있었다. 매운 고기 냄새와 톡 쏘는 김치 냄새가 공기 중에 퍼져나갔고, 돌상 위에는 맥주 뚜껑이 굴러다녔다.

잠시 휴식을 취하고 있는데, 한 노부인이 나에게 다가와 어디서 왔냐고 물었다. 영국에서 왔다고 대답하자 그녀는 '대니 보이'[12]를 반복해서 부르며 내 팔을 쿡 찌르고는 윙크를 했다. 그러더니 내 팔목을 이끌고 가족이 앉아있는 자리로 데려가 자녀들, 조카들, 그리고 손자들에게 나를 소개했다. 그들은 모두 갑작스러운

[왼쪽 상단] 활동 캠프 중인 학생들이 등산하며 오후를 보내고 있다.
— 2018년 10월, 묘향산

[왼쪽 하단] 묘향산의 작은 봉우리들 중 하나에 위치한 정교한 목조 사찰
— 2018년 10월, 묘향산

외국인의 등장에 조금 걱정스러운 표정이었다. 노부인이 나를 소개하는 동안 딸들 중 한 명이 허공을 향해 눈을 굴렸다. '우리 엄마 또 주책이네', 나는 딸의 생각이 들리는 것 같았다.

부인의 열린 태도와 따듯한 환대에 용기를 얻은 나는 그녀에게 같이 사진을 찍어도 되겠냐고 물었다. 부인은 기뻐하며 고개를 끄덕였다. 우리는 벤치에 나란히 앉았고 나는 그녀의 어깨에 팔을 둘렀다. 마치 시간이 느리게 흐르는 것 같았다. 나는 그녀의 팔에서 내 손으로 전해지는 따듯한 온기에 빠져들었다. 그녀에게서는 라벤더와 말린 자두 향기가 났다. 나는 그녀에게 묻고 싶은 게 너무 많았고, 하고 싶은 말이 너무 많았다. 그러나 보이지 않는 어떤 영속적인 힘이 우리를 결코 함께할 수 없게 만들고 있었다.

나는 나도 모르게 그녀를 가까이 끌어당겼다. 그녀는 내 손에 자신의 손을 얹고 따듯하게 토닥여 주었다. 그러고는 그 가족의 큰 어른답게 다른 사람들에게도 나를 따듯하게 안아주라고 명령했다. 내가 사진을 찍어도 좋다고 하자 딸을 포함한 가족 모두가 환호하며 스마트폰을 꺼내 내 앞에 줄을 섰다. 우리는 차례로 서로 포옹하며 포즈를 취했다.

우리는 그 자리에 함께 있었지만, 동시에 함께 있지 않았다. 그 순간, 나는 모든 규칙이 사라지고 우리 모두가 자유로워지기를 그 무엇보다 간절하게 바랐다.

선전은 도시에서만 이루어지는 것이 아니다. 아름다운 절경을 자랑하는 깊은 산골짜기에 있는 절벽과 산허리에도 선전 문구가 새겨져 있었다. 사진 속의 남자는 발밑 깊은 계곡으로 언제든지 떨어질 수 있음에도 불구하고 아무런 안전장치도 없이 가파른 곳에 새겨진 문구에서 낙엽을 털어내고 있었다. — 2018년 10월, 묘향산

물이 힘차게 떨어지는 폭포 곁 바위에 자리잡은 이 정자는 묘향산의 절경을 즐길 수 있는 최고의 전망대 중 하나다. 이곳에 앉아 있으면 야생 다람쥐와 검은 청설모가 나무 사이를 뛰어다니고, 작은 새들이 나뭇가지 사이를 스쳐 지나가는 모습을 볼 수 있다. 북한의 자연경관은 놀랍도록 아름답고 큰 감동을 준다. 북한 주민들이 왜 북한의 자연경관에 대해 그토록 자부심을 가지고 있는지 쉽게 이해할 수 있었다. 그러나 천연의 모습을 자랑하는 북한의 자연경관이 언제까지 훼손되지 않고 지금의 모습을 간직할 수 있을지 나는 늘 생각해 보곤 했다. — 2018년 10월, 묘향산

[다음 페이지] 금강산은 조선시대(1392-1910) 초기부터 많은 예술가와 작가들이 방문하고, 수많은 예술작품의 영감이 된 곳이다. 화려한 경치를 자랑하는 일만이천 봉우리 어딘가로부터 우렁차게 쏟아지는 맑은 폭포수는 비단처럼 반질반질한 암석을 지나 깊은 계곡으로 떨어진다. 가을에는 노란색, 주황색, 빨간색, 보라색 단풍잎으로 산 전체가 눈부신 빛을 발한다. 골짜기마다 수많은 정자와 사찰이 자리 잡고 있는 이 산은 실로 장엄한 자연이 절경을 이루는 곳이다. 금강산은 관광 가이드나 통역사와 동행해야만 탐방할 수 있었다. — 2018년 10월, 금강산

감사의 말

먼저 이 책이 나오기까지 아낌없이 지원해 주신 한나 맥도널드와 셉템버 퍼블리싱September Publishing 관계자분들께 감사드립니다. 책을 멋지게 디자인해 준 프리데릭 휴버, 격려와 조언으로 큰 도움을 주신 앰펄샌드 에이전시Ampersand Agency의 앤 마리 덜튼에게도 감사드립니다. 항상 지지해주는 가족과 친구들에게도 감사를 전합니다. 사랑하는 남편, 어머니, 아버지, 루이스, 로니, 매기, 그리고 토빈 제임스, 마리아 브로드만, 아론 시어라, 그리고 원고의 일부를 먼저 읽고 사랑이 담긴 친절한 피드백을 해 준 2019-2020년 RSC 여름 시즌 공연 동료들에게도 감사드립니다. 글을 쓰기 위해 혼자만의 시간이 필요할 때마다 언제나 이해해 주고 배려해 주었던 아이세 오스먼, 스튜어트 플레밍, 샬럿 피터스를 비롯한 모든 친구들에게도 감사합니다. 언제나 나에게 큰 힘을 주는 소피 스탠튼의 우정과 지도에도 감사를 전합니다. 이 책이 나오기까지 경청해 주고, 조언해 주고, 지지해 준 모든 친구들과 동료들에게 감사드립니다.

Lindsey Miller 린지 밀러는 뮤지컬 감독이자 작곡가이다. 지난 10년 동안 영국, 유럽, 북미 등지의 무대에 작품을 선보였으며 가장 최근에는 로열 셰익스피어 컴퍼니와 함께 작업했다. 2017년부터 2019년까지 외교관인 남편과 함께 평양에서 지냈다. 스코틀랜드 글래스고 출신인 그녀는 현재 켄트에 거주 중이다. 『비슷한 곳조차 없는』은 그녀의 첫 책이다.

옮긴이 송은혜는 미국 샌프란시스코에서 청소년기를 보낸 후, 귀국하여 이화여자대학교 통번역대학원 한영통역과를 졸업했다. 현재 미 정부 소속 국제협약 기관에서 통역사로 근무하고 있으며, 글밥 아카데미 수료 후 바른번역에 소속되어 출판 번역가로도 활동 중이다. 옮긴 책으로는 『아이와 몸으로 놀아주세요』, 『브로큰 그레이스』 등이 있다.

[다음 페이지] 보너스 사진 — 2018~2019년 매스게임, 평양

비슷한 곳조차 없는

초판 인쇄 2021년 9월 1일
1 쇄 발행 2021년 9월 15일

지 은 이 린지 밀러
옮 긴 이 송은혜
펴 낸 이 이송준
펴 낸 곳 인간희극
등 록 2005년 1월 11일 제319-2005-2호
주 소 서울특별시 동작구 사당동 1028-22
전 화 02-599-0229
팩 스 0505-599-0230
이 메 일 humancomedy@paran.com

ISBN 978-89-93784-71-8 03840